Rêver le monde

BP 9, 83200 Le Revest-les-Eaux
Tél. 04.94.98.99.03 - Fax : 04.94.98.91.51
Courriel : mail@les4saisonsdurevest.com
Internet : www.les4saisonsdurevest.com

Orphéon - Bibliothèque de théâtre Armand Gatti
25, rue Panisson, 83390 Cuers
Tél./Fax : 04.94.28.50.30

ISBN : 2-908387-65-4
ISSN : 1147-5315

Rêver le monde

4 pièces pour la jeunesse

Sylvie DURBEC & COATIMUNDI
Lucette SALIBUR
Françoise du CHAXEL
Catherine ZAMBON

Bibliothèque de théâtre Armand Gatti

Les Cahiers de l'Égaré

Le Livre est Livre s'il possède 85 lettres,
c'est-à-dire s'il est « bouche » : lieu de la Parole...
Le livre est Livre s'il est l'origine de l'ouverture d'une bouche,
s'il est créateur, générateur de parole.
Une bouche ne parle, la parole ne parle
que si elles sont créatrices de sens.

Marc-Alain Ouaknin, *Le Livre brûlé*.

Rêver le monde est un recueil de quatre pièces pour la jeunesse édité par *Les Cahiers de l'Égaré* dans le cadre de *Lire en Fête* 2002 et de la *Troisième Fête du livre de théâtre* à Cuers. En présentant un choix de pièces, à lire et à jouer, couvrant le champ scolaire du primaire au lycée, à un moment charnière où les écritures contemporaines et les pratiques artistiques commencent à entrer à l'école, la Bibliothèque de théâtre Armand Gatti entend contribuer, à sa manière, à l'élaboration d'un nouveau répertoire.

Consacrée à l'écriture théâtrale pour la jeunesse, la *Troisième Fête du livre de théâtre* a été marquée par le lancement de l'opération *Théâtre de papier*, la mise en place d'un comité de lecture, la venue de Françoise du Chaxel, Cécile Ladjali, Daniel Lemahieu, Fabrice Melquiot, Lucette Salibur pour des lectures et une rencontre articulée autour de quatre questions:

– l'édition théâtrale permet-elle de satisfaire la demande d'une initiation au théâtre contemporain et d'une pratique artistique théâtrale à l'école ?

– le théâtre contemporain à l'école nécessite-t-il l'invention de nouvelles approches spécifiques ?

– l'écriture théâtrale pour le jeune public est-elle en train de devenir un genre adulte renouvelant l'écriture théâtrale ?

– l'artiste et l'enseignant à l'école, une rencontre paradoxale ?

Des auteurs de théâtre aux lecteurs – en passant par les éditeurs, les libraires, les compagnies de théâtre – la Bibliothèque de théâtre Armand Gatti a la volonté de développer une synergie où sont mis en relation chacun des protagonistes amoureux du livre de théâtre. La Fête du livre de théâtre est l'un des temps forts de ce travail quotidien.

La manifestation est organisée avec le soutien de la Ville de Cuers, du Conseil Général du Var, du Centre National du Livre, du Ministère de la Culture et de la Communication-DDAT, du Ministère de l'Outre-Mer, en partenariat avec le Ministère de l'Éducation Nationale, le Rectorat de Nice et l'Inspection académique du Var.

Orphéon - Bibliothèque de théâtre Armand Gatti

Sylvie DURBEC
Catherine KRÉMER et Jean-Claude LEPORTIER

Les trois vies de Zéfurine

Pièce en trois tableaux
pour six marionnettes et une manipulatrice

Sylvie DURBEC – Poétesse et romancière. *Marseille éclats et quartiers* (Poésie n° 71, 1995), *Le nom du roi* (Grandir, 1997), *Une après-midi avec Jack Kerouac* (pièce inédite,1998), *Poésie* (Poésie, n° 89, 1999), *Un été de Reine en Finlande* (Fayard, 2000), *L'apprentissage du détachement* (Fayard, 2000), *Un bon indien est un indien mort* (Fayard, 2002), *La foi du cordonnier* (à paraître, Fayard, 2003).

COATIMUNDI (Catherine Krémer et Jean-Claude Leportier) – Fondée au Mexique en 1972, la Compagnie Coatimundi a vingt et une créations à son actif. Leur langage combine jeu de masques, mime, animation d'objets, de marionnettes et d'automates.Chacun de leurs spectacles est une exploration dans l'espace libre qui s'étend entre la danse, les arts plastiques, le cinéma muet, l'humour et la mécanique.

LES PERSONNAGES

L'ACTRICE-MANIPULATRICE :

MADELEINE : *dame de compagnie de Madame Zéfurine, habillée de noir, assez élégante et guindée. Elle porte un chapeau équipé d'une voilette qui se rabat quand elle devient la manipulatrice des marionnettes.*

Elle devient LA REINE *en se mettant une couronne sur la tête.*

LES MARIONNETTES :

MADAME ZÉFURINE : *vieille dame qui ne quitte guère son lit, raconte des histoires et mène sa dame de compagnie à la baguette.*

LA POUPÉE : *qui ressemble à Madame Zéfurine jeune.*

LE LOUP : *sous forme de carpette au pied du lit de Madame Zéfurine.*

LA FÉE MARRAINE.

LA CARABOSSE : *habite la table de nuit de Zéfurine.*

MARCELLO : *le prince charmant tant attendu de Madame Zéfurine, ressemble à un crapaud.*

Nous sommes chez Madame Zéfurine. Paravent, objets divers, lit, table de nuit, commode, portemanteau avec la robe de bal de Zéfurine, etc.

ACTE I
Le Petit Chaperon sans peur et sans reproche

Scène 1

Un paravent cache la chambre au public.
La dame de compagnie, Madeleine, arrive portant un plateau avec du thé et des petits gâteaux.

MADELEINE – *Au public :* Bonjour. Je m'appelle Madeleine et j'accompagne Madame Zéfurine.
Madame Zéfurine est une très vieille dame. Elle ne sait même plus l'âge qu'elle a. Comme elle ne peut plus vivre seule, je lui tiens compagnie.
Pour le moment elle dort…
Mais je vais la réveiller.
… Je suis contente qu'elle ait de la visite. Ça lui fait du bien qu'on vienne la voir, qu'on lui pose des questions, qu'on lui demande des histoires… Elle adore ça, Madame Zéfurine, raconter des histoires, broder à n'en plus finir. C'est dans sa nature, inventer, raconter.
Pour Madame Zéfurine, les mensonges sont plus vrais que les vérités. « Un beau mensonge vaut mieux qu'une triste vérité, Madeleine », voilà ce qu'elle me répète tous les jours. Allez savoir ce qui fait le bonheur des gens…

Moi, c'est plutôt les gâteaux, mon bonheur, les faire, les offrir, les manger aussi. *(Elle soupire...)* Pour les unes, raconter, pour les autres écouter. Pour les unes, fabriquer des histoires, pour les autres, les dévorer. Comme dans le loup et l'agneau, vous connaissez cette histoire ? Eh bien, à la fin le loup se fait manger tout cru par le petit agneau ! *(Réfléchissant.)* Non, ce ne doit pas être ça... Je me trompe, c'est à cause de toutes les histoires de Madame Zéfurine, elles finissent par m'embrouiller un peu. (*Sans en être consciente elle vide la tasse de thé qu'elle avait posée sur la table de nuit pour Madame Zéfurine et va la ranger avec les autres, puis elle s'approche du lit de Madame Zéfurine.)* Madame Zéfurine, hou ! hou ! Vous avez de la visite ! Hou ! hou ! (*Elle enlève le paravent qu'elle replie et range à la tête du lit de Madame Zéfurine que nous découvrons endormie sur son lit. Au pied du lit la petite poupée en Chaperon Rouge est assise sur une peau d'animal : le Loup.)* Madame Zéfurine ! On a de la visite ! Réveillez-vous !

Scène 2

Comme Madame Zéfurine tarde à s'éveiller, Madeleine s'approche d'elle et soulève le livre qu'elle tenait contre sa poitrine.

MADELEINE – Tiens, avant de s'endormir, elle lisait *Le Petit Chaperon Rouge* (*ouvrant et lisant à son tour*) : « ... ma petite fille, tu vas aller voir comment se porte ta grand-mère, car on m'a dit qu'elle était malade, porte-lui une galette et un petit pot de beurre... »

Madeleine cache le livre de Madame Zéfurine dans la commode puis elle découvre la poupée « Petit Chaperon Rouge » et joue avec elle. La Poupée manipulée par Madeleine gambade tant et si bien qu'elle se trouve nez à nez avec le Loup.

LA POUPÉE – Qui tu es, toi ?
LE LOUP – Un loup, et toi qui sens si bon ?
LA POUPÉE – Le Petit Chaperon Rouge, pourquoi ?
LE LOUP – Moi je vais te... demander où tu vas comme ça, ton panier sous le bras.
LA POUPÉE – Je vais chez ma mère-grand lui porter un petit pot de beurre et de la galette.
LE LOUP – Tiens, tiens, tiens... Et où habite-t-elle, ta mère-grand, chère enfant mignonnette ?
LA POUPÉE – La dernière maison, juste avant le bois.
LE LOUP – Je vois, je vois même très bien. Passe par-là, tu arriveras plus vite chez elle.

Le Loup indique la mauvaise direction au Petit Chaperon Rouge. Puis il se dirige droit chez la grand-mère.

Scène 3

Le Loup frappe chez Madame Zéfurine.

LE LOUP – Toc toc toc !

Le Loup retourne discrètement à sa situation de carpette. Madame Zéfurine se réveille et se met sur son séant. Elle regarde le public.

Madame Zéfurine – Qu'est-ce que c'est ? Ah mais oui, vous êtes venus pour les histoires, c'est ça, oui, je me souviens maintenant. Madeleine, mon thé et mes lunettes !
Madeleine – *Agacée.* Ça vient, ça vient, Madame Zéfurine.

Elle met les lunettes sur le nez de Madame Zéfurine.

Madame Zéfurine – Et mon thé !

Se rendant compte qu'elle a bu la tasse de Madame Zéfurine :

Madeleine – Vous avez tardé à vous réveiller Madame Zéfurine... Il est froid !
Madame Zéfurine – Eh bien, aujourd'hui, je vais vous raconter *Les Ciseaux d'Or* que l'on connaît généralement sous le titre du *Petit Chaperon Rouge*... (*Elle cherche le livre et ne le trouve pas.)* Où est passé mon livre ? Ce n'est pas que je ne la connaisse pas cette histoire, j'ai même de bonnes raisons pour la connaître très bien, mais comme je dis toujours, il faut commencer en ordre, un bon début, c'est la clef de la réussite pour raconter des histoires. Madeleine, où est mon livre ?

Madeleine feignant l'innocence :

Madeleine – Quel livre ?
Madame Zéfurine – Bon, tant pis. Il était une fois... (*Elle continue à chercher son livre, visiblement agacée de ne pas le trouver.)* Il était une fois une petite fille que tout le monde au village appelait le Petit Chaperon Rouge. Vous devinez pourquoi ? Bon, sans livre, il peut m'arriver de faire des erreurs, vous m'avertirez si je me trompe. Un jour sa

mère lui dit : « Mon enfant, porte donc à ta mémé ce petit pot de cornichons et ce saucisson et n'oublie pas tes petits ciseaux d'or que t'a offerts ta mémé ». (*La table de nuit se met à sauter sur place.)* Non, ce n'est pas ça… ? Alors porte-lui… un pot de beurre et cette galette car la pauvrette est malade et ça lui fera plaisir de te voir. *(Zéfurine tape dans la table de nuit pour la faire taire.)* La petite se met en route – sans oublier les ciseaux et le panier – et tout en chantant elle rencontre… le Loup.

Le Loup – Qui tu es, toi ? Et où vas-tu ? Tu sens bien bon, mon enfant ! Tu sens la chair fraîche, mmm… tu es jolie à croquer !

Madame Zéfurine – Oui, C'est ça !… À quoi la petite imprudente répondit : « Je suis le Petit Chaperon Rouge et je vais chez ma mère-grand », alors le Loup indique un raccourci au Petit Chaperon Rouge qui dit : « Merci, merci », et part sur la route en gambadant, en riant, en chantant : « Promenons-nous dans les bois tant que le loup n'y est pas, etc. ». Le Loup arrive chez la grand-mère. Que va-t-il faire ?

Le Loup frappe sur le montant du lit.

Le Loup – Toc toc toc !
Madame Zéfurine – Qu'est-ce que c'est ?

Le Loup imite la voix du Petit Chaperon Rouge :

Le Loup – C'est moi, mère-grand, votre petite enfant !
Madame Zéfurine – C'est ça, c'est ça, c'est ça. Tire la bobinette et la chevillette cherra ! (*Zéfurine s'adressant au public.)* Alors que s'est-il passé ? Eh bien, vous l'avez deviné, le Loup sur la grand-mère a sauté et l'a mangée,

mais oui ! Sans autre forme de procès. Ni vu ni connu. Une fois la grand-mère mangée, le Loup s'est couché et a attendu le Petit Chaperon Rouge en toute tranquillité. *(Zéfurine attrape la peau de loup et la met sur elle.)* Comme ça, hop ! Le Loup s'est couché et a attendu le Petit Chaperon Rouge en toute tranquillité.

Elle commence à somnoler. Le Petit Chaperon Rouge arrive, son panier sous le bras et des fleurs dans les cheveux.

Scène 4

Le Petit Chaperon Rouge frappe.

LA POUPÉE – Toc toc toc !

MADAME ZÉFURINE – Qu'est-ce que c'est ? Ah ! oui, oui, tire la bobinette et la chevillette cherra ! Oh zut, j'ai oublié de faire la voix du loup qui imite la voix de la grand-mère.

LA POUPÉE – Bonjour, mère-grand, je vous apporte du beurre et de la galette.

MADAME ZÉFURINE – Approche, mon petit loup, approche !

LA POUPÉE – Mère-grand, que vous avez de grands bras !

MADAME ZÉFURINE – C'est pour mieux t'embrasser, mon enfant !

LA POUPÉE – Mère-grand, que vous avez un grand nez !

MADAME ZÉFURINE – C'est pour mieux sentir ton odeur de fleur, mon enfant !

LA POUPÉE – Mère-grand, que vous avez de grandes oreilles poilues !

MADAME ZÉFURINE – C'est pour mieux t'ouïr, mon tout petit !

LA POUPÉE – Mère-grand, que vous avez de grandes dents !
MADAME ZÉFURINE – C'est pour mieux te manger, mon enfant !

Zéfurine a fait un geste vers le Petit Chaperon Rouge qui bascule du lit. Elle se débarrasse de la peau du loup puis s'adresse au public.

Scène 5

MADAME ZÉFURINE – Mais là, il se passe quelque chose que le Loup n'avait pas prévu, mais alors pas du tout. (*La table de nuit se met encore à sauter sur place et Madame Zéfurine lui flanque un grand coup à nouveau.)* Je vais vous raconter comment finit vraiment l'histoire. Vous voulez la connaître, la vraie fin de la vraie histoire ? Pas celle qui est dans le livre ! Comme nous ne sommes qu'entre nous, je vais vous raconter comment finit vraiment cette histoire. Le Loup n'a pas du tout, mais alors pas du tout dévoré le Petit Chaperon Rouge. (*La table de nuit se met à sauter sur place à nouveau.*) Dans mon panier, j'avais mes petits ciseaux d'or. Quand le Loup a sauté sur moi, je me suis mise à courir vers la forêt. Vite, vite, trouvons une idée ! Vite, vite, une idée pour me sauver ! Je me suis cachée derrière un arbre et je lui ai fait un croc en jambe, le Loup est tombé, patatrac, il s'est assommé contre une pierre ! Cric et crac, en deux coups de ciseaux je lui ai fait la peau. Le froid des ciseaux l'a réveillé. Il a hurlé dès qu'il a compris ce qui venait de lui arriver ! Tout nu, tout rouge, le Loup s'est mis à courir vite et très loin pour se cacher tellement il avait honte, ce grand loup, de s'être fait ridiculiser par un petit bout de fille !

Et voilà pourquoi j'ai dans ma chambre une belle carpette de fourrure !
Écoutez-moi tous : cette histoire, il ne faut pas la crier sur les toits, tout est arrivé grâce à ma mémé qui m'avait donné les petits ciseaux d'or pour coudre et broder, mon futur métier, petite couturière comme ma grand-mère… Comme ça, j'ai pu me défendre ! Alors, vous avez deviné ? Le Petit Chaperon Rouge, c'était moi ! Eh oui ! Moi aussi j'ai été une petite fille qui courait dans les bois !

Elle se met à chanter « Promenons-nous dans les bois » et petit à petit s'endort, se mettant à ronfler.
Le Loup se dressant au-dessus du lit :

Le Loup – Fais dodo, méchante mémère, à nous deux on fait bien la paire !

Il redevient carpette.

ACTE II
La Mémé au bois dormant

Scène 1

Musique de danse. Zéfurine dort. Madeleine met à la poupée la même robe que celle qui est suspendue à un portemanteau, puis elle installe le Petit Chaperon dans un rond de lumière sur un plateau tournant. Apparaît la Fée Marraine qui fait un tour en voletant et va se percher. Madeleine revient et s'accoude à regarder tourner la poupée. Tout à coup la chambre est secouée… Zéfurine dormant :

MADAME ZÉFURINE – Marcel ! Marcel !
MADELEINE – (*Au public.*) Qu'est-ce qu'elle a, Madame Zéfurine ? Je ne l'ai jamais vue comme ça…
Il faut que je la réveille, elle est sûrement en train de faire un cauchemar. C'est à cause de l'histoire qu'elle vous a racontée… Une histoire terrible, pauvre Petit Chaperon Rouge… Se faire dévorer par le Loup !
LE LOUP – Ça, c'est la vraie histoire !
MADELEINE – J'hésite un peu à la réveiller, ça pourrait la mettre de mauvaise humeur… Tout de même…

Madame Zéfurine continue à s'agiter et à faire tout bouger dans la pièce. Madeleine entreprend alors de la réveiller.

MADELEINE –Madame Zéfurine ! Réveillez-vous, vous faites trembler toute la maison !
MADAME ZÉFURINE – Marcel ?

Zéfurine se dresse sur son séant.

Madeleine – Non, Madeleine pour vous servir. Que se passe-t-il ?

Madame Zéfurine – Rien du tout, je rêvais. Un beau rêve. Au lieu de me poser des questions, apporte-moi plutôt ma robe… Là, doucement, fais un peu attention, elle est fragile.

Madeleine – Qu'est-ce que vous voulez faire avec cette robe ?

Madame Zéfurine – Ça ne te regarde pas, Madeleine. (*Théâtrale.*) Il s'agit de ma vie privée, de mon passé, si tu veux tout savoir. Rêver, danser, aimer, comme au temps de ma jeunesse folle…

Madeleine – Si vous nous disiez plutôt qui a fait cette robe et pour quelle occasion ?

Madame Zéfurine – (*Au public.*) Il était une fois une petite très petite couturière qui voulait devenir grande, très grande, jusqu'à épouser un prince.

Madeleine – Alors c'est elle qui a cousu la robe ? Mais pour qui ? Pour quoi ?

Madame Zéfurine – On n'a pas toujours la réponse à toutes les questions, Madeleine. (*Au public.*) Mais la petite, très petite, avait un secret : tout ce qu'elle touchait devenait de l'or, du beau linge brodé, de vraies merveilles, ce qu'elle voulait, elle le faisait, hop ! Elle avait un talent fou, la petite couturière, ça, oui ! Mais elle était très pauvre aussi. Elle travaillait jour et nuit pour les belles dames de la ville et elle, elle portait toujours la même petite robe rouge usée. Et des petits ciseaux d'or à sa ceinture.

Madeleine – N'y avait-il pas aussi une marraine ?

Madame Zéfurine – Une fée, oui. Toute petite elle aussi. Elle aimait beaucoup la petite couturière et avait promis à sa mémé de toujours veiller sur elle.

La Fée Marraine volette sur son perchoir.

Madeleine – N'y avait-il pas…

La table de nuit se met à sauter sur place.

Madame Zéfurine – Une sorcière, une carabosse, une diable femme, une terrifiante terrible ogresse ?
Oui, il y en avait une. Et elle détestait les petites couturières qui veulent devenir princesses. Aussi jura-t-elle d'empêcher par tous les moyens la très petite enfant de grandir. Donc…
Madeleine – Elle lui jeta un sort ?
Madame Zéfurine – Un terrible sort ! Un matin, alors que la très petite couturière cousait devant sa fenêtre…

La table de nuit s'ouvre violemment et la Carabosse surgit. La sorcière jette aussitôt un sort sur Zéfurine qui se débat et tombe endormie.

Scène 2

Dialogue entre la Poupée et la Carabosse.

La Poupée – Que voulez-vous, madame noire comme la peur ?
La Carabosse – Je viens t'avertir, petite, du grand danger que tu cours.
La Poupée – Que voulez-vous dire, oiseau noir comme le malheur ?
La Carabosse – Ne touche plus à tes aiguilles, ni à ta machine. Fais des gâteaux et des galettes, du sirop et des tartelettes, mais plus de robes de princesses ! Je te l'interdis, petite ! Ah ! ah ! ah !

LA POUPÉE – Comment vivre si je ne peux exercer mon talent qui est de coudre et broder des robes pour les reines et rêver qu'à mon tour un jour… ?

LA CARABOSSE – Écoute bien ce que je te dis, je ne te le répéterai pas deux fois. (*On entend une valse.*) Si tu te piques, petite, tu mourras ! La Sorcière Carabosse le veut et le voudra !
Et alors plus de danse, plus de robe, plus de prince pour toi ! Ah ! ah ! ah ! Pas de mariage pour toi !

LA POUPÉE – Pourquoi ? Qu'ai-je fait de mal ? Pourquoi vouloir ma mort ?

LA CARABOSSE – Petite, très petite, écoute : si tu te piques, l'aiguille transpercera ton doigt et te tuera !

La Carabosse rentre dans la table de nuit qui se referme et la très petite couturière pleure et se désole.

LA POUPÉE – Marraine, au secours !

La Fée s'approche en voletant de la petite qui pleure.

LA FÉE MARRAINE – Petite, laisse tes aiguilles et laisse tes fuseaux, oublie les jolies robes et les rêves de princesse alors il ne t'arrivera rien.

LA POUPÉE – Mais comment vivrai-je sans mon travail et sans mes rêves ?

LA FÉE MARRAINE – Je ne peux pas rompre le mauvais sort, cependant, écoute-moi bien : si tu te piques, tu ne mourras pas. Tu seras plongée dans un sommeil de cent ans, un très long voyage, petite, au pays des rêves… un sommeil de cent ans au bois dormant…
Et maintenant, ta belle robe, enlève-la et range-la.

La Fée disparaît et Madeleine aide la poupée à se déshabiller. Mais la poupée se pique, pousse un grand cri et tombe par terre. Madeleine trouve alors l'aiguille qui l'a piquée. Au même moment, Zéfurine se réveille. Elle aussi a ressenti une piqûre.

Scène 3

MADAME ZÉFURINE – Aïe ! je me suis piquée, Madeleine, regarde, je saigne…

Zéfurine voit l'aiguille et s'évanouit.

MADELEINE – Je vais vous soigner, Madame Zéfurine, ne vous inquiétez pas…
Mais que lui arrive-t-il ? Que faire, mon Dieu !

Apparaît la Fée Marraine.

LA FÉE MARRAINE – Un baiser ! Seul un baiser donné par un vrai prince peut la réveiller et la sauver !
MADELEINE – Vraiment ? Comment allons-nous faire ?
LA FÉE MARRAINE – Trouvez vite un jeune homme de bonne famille royale, un prince.
MADELEINE – Un prince ? un prince ? un prince ?…

Madeleine vient devant le public et cherche un prince parmi les enfants. Elle lui pose une couronne sur la tête et lui demande de déposer un baiser, à son signal, sur la main de Zéfurine. Zéfurine se réveille.

MADAME ZÉFURINE – J'ai rêvé que je dansais avec un prince ! Marcel ? Mais où est-il passé ? Ça fait cent ans que je l'attends ! (*Apercevant le petit garçon qui vient de l'embrasser.*) Qui est ce beau jeune homme, Madeleine ?

MADELEINE – Un garçon très gentil, très poli... C'est lui qui vous a tiré du sommeil profond dans lequel...

MADAME ZÉFURINE – Il s'appelle Marcel ?

MADELEINE – Pas du tout, il se nomme... (*Elle donne le nom du petit garçon.*) Voulez-vous encore un baiser pour être tout à fait réveillée ?

MADAME ZÉFURINE – Madeleine, tenez-vous un peu tranquille, voulez-vous ? Parfois, je me demande où vous avez la tête. (*Zéfurine s'adresse au jeune garçon.*) Merci beaucoup de m'avoir réveillé Prince. Quel dommage que vous ne vous appeliez pas Marcel. Dans une autre histoire peut-être... Peut-être voulez-vous regagner maintenant votre royaume. Je ne vous retiens pas. Au revoir Prince. (*Zéfurine s'installe confortablement sur son lit.*) Quand je dors trop, je me dis, Zéfurine, fais attention, tu es partie pour dormir cent ans ! Et ça, ça te rappelle quelque chose, Madeleine ?

MADELEINE – Vivre cent ans ? Mais, Madame Zéfurine, vous êtes partie pour vivre un siècle !

MADAME ZÉFURINE – (*Théâtrale.*) Dormir, vivre, mourir. Où est la différence ? (*Elle s'endort.*)

Le Loup lui aussi très théâtral :

LE LOUP – Être ou ne pas être un loup, être ou ne pas être bien dans sa peau, voilà les questions que je me pose !

ACTE III
Le rêve de Madame Zéfurine

Scène 1

Zéfurine dort toujours. Madeleine ramasse la petite poupée, la change de tenue et l'assied sur la boîte à musique. De temps en temps elle jette un œil vers Zéfurine qui dort. Elle range la chambre de Zéfurine. Madeleine ramasse la robe de bal.

MADELEINE – Elle est jolie, cette robe. À mon avis Madame Zéfurine ne l'a jamais portée, puisqu'elle n'est pas finie. Elle ne m'a pas expliqué pourquoi elle l'aime tant, cette robe. (*La chambre est secouée.*) Encore ! Elle est encore en train de rêver de Marcel ! Je crois qu'elle n'a pas envie que je la réveille. Je vais la laisser dormir. (*Madeleine installe le paravent, s'éloigne de Zéfurine et sort côté cour.*)

Scène 2

Madeleine est perplexe. Elle regarde le public, réfléchit.

MADELEINE – Mais vous êtes venus écouter des histoires… Et si à mon tour, je prenais la parole ? Qu'en dites-vous, hein ? Moi aussi je peux raconter des histoires…
Il suffit de trouver un bon début et la suite vient, c'est sûr… (*Elle sort le livre du tiroir, l'ouvre et cherche un début d'histoire. Elle en lit quelques-uns très vite de manière incompréhensible.*) Enfin, voilà ce que je cherchais. (*Lisant.*) Il était une fois une petite très petite couturière pauvre qui voulait devenir grande jusqu'à épouser

un prince. Or elle apprit que très loin là-bas dans un château vivait une reine avec son fils qu'elle voulait marier à une princesse. La petite couturière partit à pied par les chemins avec son panier et ses petits ciseaux d'or et voilà qu'un soir alors que la nuit toute noire était tombée… (*Madeleine s'arrête de lire et raconte sans regarder le livre.*) Donc elle arrive près d'un château. Toc, toc, toc.

Madeleine met une couronne sur sa tête et joue la Reine.

LA REINE – Qui va là ?
LA POUPÉE – Un pauv'p'tit bout de princesse perdu, sans feu ni lieu.
LA REINE – Ah ! Ah ! Ah ! Dans cet état tu veux entrer au château ?
LA POUPÉE – La pluie mouille et je tremble de froid.

Le Petit Chaperon tremble de froid et ruisselle de pluie. La Reine hésite.

LA REINE – Une princesse, dans cet état, voyez-vous ça ! Pas de ça chez moi !

La Fée Marraine apparaît.

LA FÉE MARRAINE – Pas de ça chez vous… et pourquoi ?
LA REINE – Parce que mon fils, le bien aimé prince, cherche depuis longtemps sans la trouver sa bien aimée future parmi les vraies princesses du pays.
LA FÉE MARRAINE – Et comment la veut-il ?
LA REINE – Princesse d'abord, et ensuite parfaite entre toutes les parfaites.

La Fée Marraine – Qu'on mette ma filleule à l'épreuve et on verra ce que l'on verra !

Madeleine a enlevé la couronne et s'adresse au public.

Madeleine – Cette reine était une reine très méfiante, mais elle était bonne et aimait par-dessus tout son fils unique, Marcello, celui qui voulait épouser la plus parfaite des princesses, celle qui ne devait être ni trop grande, ni trop petite, ni trop rousse, ni trop maigre, parce que toutes les princesses qui venaient au château avaient un défaut, aucune n'était parfaitement parfaite à ses yeux.
Pourquoi pas celle-là, se disait la reine ? On ne sait jamais. Alors elle décida de mettre la petite à l'épreuve.

Madeleine remet sa couronne.

La Reine – Comment savoir si cette enfant ruisselante et crottée est bien une princesse, la princesse idéale ? (*Elle joue avec une bille verte.*) Qu'on entasse dix matelas de laine, de satin, de coton et de soie, et *(chuchotant)* sous les dix matelas je glisse ceci *(elle montre la bille verte)* et l'on verra ce que l'on verra. Si cette petite enfant mouillée et crottée est une vraie princesse, elle en sera gênée et mal dormira la pauvrette que voilà… (*S'adressant à la poupée.*) Mon enfant, rentrez vite au château, vous allez prendre froid. Ici vous serez en sécurité.

Scène 3

À ce moment Zéfurine se réveille. Madeleine enlève vite la couronne...

MADAME ZÉFURINE – Oh la la la !... Quelle nuit, quel lit, que j'ai mal dormi !
MADELEINE – Vous avez fait de beaux rêves ?
MADAME ZÉFURINE – Qu'est-ce que tu racontes, Madeleine ? J'ai affreusement mal dormi dans ce lit toute la nuit. À cause de je ne sais quoi j'ai le dos en compote.
Regarde s'il n'y a pas, sous ces matelas, un je ne sais quoi !

Madeleine soulève un par un les matelas et les compte en même temps.

MADELEINE – Un, deux, trois, quatre, cinq, six, sept, huit, neuf, dix et voilà !
MADAME ZÉFURINE – Marcel ! C'est la bille de Marcel !
MADELEINE – Marcel ?
MADAME ZÉFURINE – Oui ! oui ! Je l'avais perdue !
MADELEINE – Vous aviez perdu Marcel ?
MADAME ZÉFURINE – Mais non ! La bille. C'est la bille que Marcel m'avait donnée avant de partir faire fortune en Chine.
MADELEINE – En Chine ? (*À ce moment on frappe à la porte.*) Toc toc toc !
MADAME ZÉFURINE – Qu'est-ce que c'est ?
MADELEINE – C'est Marcel. (*Madeleine se reprenant.*) Enfin, un visiteur sans doute, Madame Zéfurine. Chaque fois qu'on frappe à la porte, c'est qu'il y a quelqu'un. Du moins, c'est ce qui se passe le plus souvent.

MADAME ZÉFURINE – Va voir qui vient nous voir, Madeleine, et arrête de raconter n'importe quoi, tu me fatigues ! (*Madeleine sort.*) Voilà que je me mets à me souvenir de Marcel. *(Rêveuse.)* Marcel... (*Marcel apparaît derrière le paravent. Mais Zéfurine ne le voit pas.*) Quand j'étais jeune fille, Marcel me menait danser !

MARCELLO – Ouais, je la menais danser !... Quand tu étais jeune fille, Marcello t'embrassait !

MADAME ZÉFURINE – Oui, il m'embrassait !... Quand, j'étais jeune fille, j'étais une princesse et lui un prince !

MARCELLO – Marcello, le roi de la mécanique, c'était moi !

MADAME ZÉFURINE – Nous faisions beaucoup de rêves,

MARCELLO – notre future maison,

MADAME ZÉFURINE – les enfants,

MARCELLO – toute une vie ensemble,

MADAME ZÉFURINE – lui et moi !... Mais nous n'avions pas d'argent !

MARCELLO – Pas un sou !

MADAME ZÉFURINE – Alors Marcel s'est engagé sur un bateau pour travailler au loin, jusqu'en Chine !

MARCELLO – Mécanicien sur la *Grande Charlotte*, navire marchand !

MADAME ZÉFURINE – Et moi, je l'ai attendu, attendu, attendu !

MARCELLO – Chère Zéfurine, me voilà de retour ! Et je t'ai apporté un petit cadeau ! (*Zéfurine se retourne, le voit et s'évanouit.*) Ma... que pasa... Zéfurine... elle s'est évanouie ! C'est l'émotion. *(Il aperçoit la couronne.)* Et si c'est l'émotion, j'ai la solution. (*Il met la couronne et l'embrasse.*)

MADAME ZÉFURINE – *(Se réveillant.)* Monsieur ?

MARCELLO – Zéfurine, ma petite couturière, enfin je te retrouve !

MADAME ZÉFURINE – Mais à qui ai-je l'honneur ?

MARCELLO – Regarde-moi bien Zéfurine. Je suis Marcello !

MADAME ZÉFURINE – Marcel… Oh Marcel ! comme tu as de grands yeux !

MARCELLO – C'est pour mieux te contempler, mon trésor !

MADAME ZÉFURINE – Oh Marcel ! comme tu as une grande bouche !

MARCELLO – C'est pour mieux te sourire, ma princesse !

MADAME ZÉFURINE – Oh Marcel !… Pourquoi ?… mais… pourquoi ?…

MARCELLO – Pourquoi ? quoa quoa… Pourquoi je ressemble à un crapaud ? C'est une question à poser à la sorcière Carabosse, on pourrait aussi lui demander comment une jolie petite couturière est devenue une si vieille mémé !

MADAME ZÉFURINE – J'ai un peu changé, moi aussi, non ?

MARCELLO – Il est temps de penser à nous, Zéfurine, le passé est passé, vive le présent ! (*Il aperçoit la robe au portemanteau.*) Mais c'est la robe que tu cousais quand je suis parti !

MADAME ZÉFURINE – Oui… oui.

MARCELLO – Alors mets ta belle robe et filons danser !

MADAME ZÉFURINE – C'est que… Marcel… s'il te plaît !

MARCELLO – J'ai compris, je suis un gentleman moâ. Je t'attends là, derrière, mais fais vite !

MADAME ZÉFURINE – (*Autoritaire.*) Madeleine, le paravent ! (*Après s'être assurée que le paravent est bien fermé, Zéfurine exulte.*) C'est Marcel, c'est Marcel ! Madeleine apporte-moi ma robe !

MADELEINE – Attention aux épingles, Madame Zéfurine !

MADAME ZÉFURINE – J'm'en moque. Si j'me pique, Marcel m'embrasse !

Zéfurine voit le cadeau que Marcel a accroché sur le paravent, un diadème. Elle demande à Madeleine de le lui mettre.

Marcello – Y es-tu ?
Madame Zéfurine – J'y suis !
Marcello – Oh ! tu es... à croquer !
Madame Zéfurine – Oh Marcel, mon prince, emmène-moi danser, je ne dormirai plus jamais !

Les deux marionnettes s'embrassent et se mettent à danser follement. Musique, fumées, bonheur. Elles disparaissent soudain.

Scène 4

La Fée Marraine prend son vol et va tourner au-dessus de la table de nuit. La Carabosse jaillit. Rock.

La Fée Marraine – Carabosse, c'est le moment de reconnaître que tu as perdu la partie !
La Carabosse – Perdu la partie ? Et où sont-ils allés d'après toi ?
La Fée Marraine – Ils sont partis dans le bonheur !
La Carabosse – Une vieille mémé et un crapaud, beurk !
La Fée Marraine – Quand on aime on a toujours vingt ans et les carabosses n'y peuvent rien. Tu as perdu !

Elles se battent puis disparaissent. Madeleine soulève sa visière.

Scène 5

MADELEINE – Je suis toute seule.

LE LOUP – Et moi alors ? Je compte pour du beurre ? Madeleine, tu es jolie à croquer ce soir… Si tu venais faire un tour avec moi…

MADELEINE – Avec toi mais où ça ?

LE LOUP – Si tu venais avec moi au bois, Madeleine ?

MADELEINE – Avec toi ?

LE LOUP – Avec moi !

MADELEINE – Non ?

LE LOUP – (*Il se met à chanter.*) Promenons-nous dans les bois tant que Zéfurine n'y est pas… !

MADELEINE – Pourquoi pas ? Après tout, un petit tour au bois n'engage à rien. (*Madeleine met le loup autour de son cou.*) Comme ça, au bois je n'aurai pas froid. (*Ils sortent en chantant.*) Promenons-nous dans le bois tant que Zéfurine n'y est pas… tant qu'elle n'y est pas, on se promènera…

LE LOUP – Puisqu'elle n'y s'ra pas, nous on s'aimera…

MADELEINE – … Loup y es-tu ? Entends-tu ? Que fais-tu ?

LE LOUP – Ha, ha, ha !

Lucette SALIBUR

Zindziwa
et
la légende du vieux monde

Lucette SALIBUR – Auteur, metteur en scène, comédienne, directrice du *Théâtre du Flamboyant* à Fort-de-France. Elle met en scène la plupart de ses textes : *SNF ou la tentation d'exister, Le Rêve d'Alizé, Caraïbos l'enfant perdu, Le rire, j'en ris, Aïda rencontra Mutant.* Elle a travaillé à plusieurs reprises sur le conte, aussi bien en français qu'en créole, avec *Mamiwata et la légende d'Oudikawé* (La Fontaine, 2000), *La fantastique nuit de Naïma, Antoine et Euphrésie, Tétèche èk Kokobriko*... Sa dernière pièce *Zindziwa et la légende du vieux monde* a été écrite en avril 2002 lors d'une résidence d'auteur à La Chartreuse.

LES PERSONNAGES

ZINDZIWA
GAMIN
UN MOTARD
UN CHAUFFARD
UN FUYARD
PERSONNAGE
CHAPITRE
LE CHŒUR DES ARBRES
FLOP
LE CHŒUR DU SOLEIL
PAYSAN
BELLE-SANS-CONSCIENCE

1 - Une place : un gamin est assis sur des cartons. Une femme arrive, elle porte un panier, elle chante :

« Sucre à coco
Tablette coco
Gâteau patate
Gâteau coco
Amour caché
Pa cheché sav ki moun mwen yé
(Ne cherche pas à savoir qui je suis)
Pa cheché sav yo di mwen sé
(Ne cherche pas à savoir, on dit que je suis)
Marchande bonbons, marchande pistaches, marchande sorbet
Marchande snowball, marchande gâteaux, marchande d'espoir… »

Le gamin l'apostrophe.

GAMIN – On dit que tu pisses debout comme un homme et que l'on entend ton jet à des kilomètres à la ronde !… On dit que tu as certains pouvoirs et que tu récites sur les gens pour dénouer les mauvais sorts…

ZINDZIWA – Et qu'est-ce qu'on dit encore, monsieur On-dit ? Que je suis une marchande de paroles, une marchande d'espoir ? Et comment dit-on que je m'appelle, est-ce que tu le sais ?

GAMIN – Tu es celle qui porte les sept couleurs de l'arc-en-ciel sur ses deux têtes. Tu es celle qui se tient debout entre le visible et l'invisible. Tu es celle que l'on nomme depuis le premier matin du monde, Zindziwa.

ZINDZIWA – Et comment as-tu appris tout cela ?
GAMIN – La veille de mon accouchement, je pleurais dans le ventre de ma mère. Je n'avais pas envie de sortir. Je pleurais tellement que ça la faisait pisser tout le temps. Pour me consoler, et aussi un peu parce qu'elle en avait assez d'aller pisser, elle m'a raconté une histoire. C'était la tienne…
ZINDZIWA – Tous les enfants du monde s'angoissent devant la porte de la matrice. Ils essaient de se contenir pour faire plaisir, mais ils finissent toujours par craquer. À l'instant précis où ils réalisent que le moment est imminent, qu'ils ne pourront pas s'accrocher à la cloison, qu'ils seront de toute façon happés par la grande roue, tous, ils fondent en larmes. C'est d'ailleurs le signal pour ceux de l'extérieur, ils disent : « La poche des eaux est rompue… »
GAMIN – Ne me parle pas de ceux-là ! Quand ils ont vu que je m'étais retourné pour freiner avec mes pieds et faire bouchon avec mes fesses, ils m'ont extirpé de force avec un objet glacé qui faisait mal. Et pour me punir ils m'ont balancé une grande claque sur le derrière. Quel accueil ! Je ne m'en suis jamais remis !
ZINDZIWA – Peut-être que le monde non plus, ne s'en est jamais remis. Il porte en lui une telle frayeur, une telle peur qu'il en arrive à mordre jusqu'à la main qui le nourrit.

Silence.

ZINDZIWA – Oh ! Gamin ! Qu'est-ce que tu fais là dans la rue ? Où elle est ta maison ? Tu n'es pas à l'école ? Quel âge as-tu ?
GAMIN – Je n'aime pas quand on me pose des questions !
ZINDZIWA – *(Silence.)*

GAMIN – C'est trop dur ! Je n'y arrive pas !... Et puis de toute façon, je ne veux plus y arriver ! C'est trop bête ! *(Il fouille nerveusement dans ses poches.)*

ZINDZIWA – Ne le fais pas !

GAMIN – Oui, je vais le faire !

ZINDZIWA – Non, ne le fais pas !

GAMIN – Je - vais - le - faire !

ZINDZIWA – Non... Tu n'as pas envie de le faire... C'est seulement par dépit.

GAMIN – Mais qu'est-ce que ça peut te faire à toi ? Qu'est-ce que t'en as à foutre de ces cartons ? Qu'ils brûlent ou qu'ils ne brûlent pas, c'est quoi ton problème !

ZINDZIWA – Je n'ai pas de problèmes, gamin !

GAMIN – Et arrête de m'appeler « gamin » !

ZINDZIWA – Mais je ne connais pas ton nom !

GAMIN – Et bien, on demande !

ZINDZIWA – Mais tu n'aimes pas qu'on te pose des questions...

GAMIN – *(Il joue un moment avec les allumettes, puis les balance furieusement.)* Tiens ! C'est pour toi qu'ils m'ont dit, et tu devras t'y contenir qu'ils ont rajouté en le brandissant devant mon visage. Et puis, ils l'ont déposé par terre, sous la lune, dans une croisée de quatre chemins, là où tous les sortilèges opèrent. Alors moi, mon nom, je l'ai ramassé. Je l'ai endossé. Confiant. Pourquoi pas ? Au début, je n'y ai pas fait attention, j'étais encore tout plein du souvenir de mon frère jumeau qui avait réussi à rester caché dans le ventre de ma mère. Personne ne l'avait remarqué. Et moi, je n'avais rien dit bien sûr. C'était notre secret. Le soir quand la nuit allumait ses étoiles, j'entendais sa voix qui m'appelait. Je n'ai jamais compris comment il s'y prenait pour sortir de sa cachette et pour parvenir jusqu'à moi. On s'amusait bien tous les deux.

ZINDZIWA – Allez, parle gamin, parle. Dis-nous, la nuit d'avant la souffrance...

GAMIN – ...Dans mon sommeil, on riait bien ensemble. Jusqu'au moment où il n'a pas pu me rejoindre. Dans ma mémoire s'étaient entassées tant de choses savantes qu'il n'y avait plus de place pour nos jeux. J'ai fini par l'oublier. Je n'étais même pas triste, j'étais ivre. Ivre de l'odeur des livres et de leur promesse de vie... *(Il éclate en sanglots et se ressaisit aussitôt.)*

ZINDZIWA – Et aujourd'hui tu aimerais reprendre contact avec ce frère jumeau, n'est-ce pas ? Tu aimerais qu'il te dise que tu n'es pas seul, que tu es toujours relié, n'est-ce pas ?

GAMIN – ... Je voulais refaire une tente. Il aimait bien venir se cacher sous la tente de mes rêves... Il aimait bien, moi aussi j'aimais bien. Mais il a fallu qu'on me fasse sortir...

ZINDZIWA – Qu'on te fasse sortir ?...

GAMIN – ... Ouais... J'ai glissé, quoi !... Enfin, en quelque sorte !... Tout d'un coup, c'était trop fort ! Pas moyen de se raccrocher, il y avait quelque chose qui m'entraînait, qui me poussait en avant, qui me disait : « tu dois y aller, il faut y aller ! » J'ai été projeté dans une espèce de tunnel !...

ZINDZIWA – Et ça recommence ?

GAMIN – Oui, c'est revenu. Ça veut m'entraîner de nouveau, me pousser en avant... Ça me dit : « tu dois y aller ! » Je voudrais me tenir serré dans le ventre de mon enfance, ne pas bouger pour ne pas risquer de glisser encore une fois, je voudrais pouvoir m'accrocher...

ZINDZIWA – Mais tu sais que là non plus, tu ne pourras pas t'agripper à la paroi, tu ne pourras pas freiner avec tes pieds...

GAMIN – Et je ne pourrais pas non plus faire bouchon avec mes fesses ! JE SAIS !

ZINDZIWA – Non, tu ne pourras pas !

GAMIN – Dans l'autre passage, j'apercevais au moins une lumière au fond du couloir. Cette fois, je ne vois rien… Il n'y a qu'un trou, c'est tout. Le vide. Aujourd'hui, traverser à treize ans, ça veut dire, se projeter contre le néant ! *(Il éclate en sanglots.)*

ZINDZIWA – La poche des eaux est rompue…

2 - Une croisée de quatre chemins : Gamin est à l'intersection.

GAMIN – Ce tunnel, ce tunnel… Il n'en finit pas ! Ah ! Zindziwa ! Zindziwa ! Je dois prendre une voie pour sortir… Laquelle… Laquelle… Celle-ci ! Je vais essayer cette route-là, oui.

…Toute la route vient vers lui…

UN MOTARD – Attention, gamin ! Pousse-toi de là, tu veux te faire écraser ou quoi !

UN CHAUFFARD – Mais qu'est-ce qu'il fait au milieu du passage celui-là ? Eh, gamin, pousse ton derrière, tonnerre !

UN FUYARD – Vous ne me rattraperez pas ! Je cours plus vite, ah, ah, ah ! Pousse-toi de là, gamin ! Quelle andouille !

GAMIN – Je ne veux pas de cette route, elle est bruyante, encombrée, et personne ne regarde personne ! Je n'en veux pas ! (*Il la freine, puis la repousse…)* Bon, cette fois il faut que je choisisse mieux… Celle-ci ! (*Il tire de nouveau une route vers lui… Entre un drôle de personnage.)* Salut toi !…. Oh ! J'ai dit salut !

Personnage – Tout kôté mwen pasé, tout kôté mwen alé…
Gamin – Qu’est-ce que tu dis ?
Personnage – Mwen ka wé sé épi san’w
Gamin – Mais enfin réponds-moi !
Personnage – Yo bati tout foss yo…
Gamin – Jamais tu t’arrêtes quand on te parle ?
Personnage – Est-ce que l’Histoire peut s’arrêter ?
Gamin – L’histoire… Parce que tu es… L’Histoire ?
Personnage – Enfin, juste une page. Une page d’histoire.
Gamin – Dans ce cas… *(Il se jette sur lui.)*
Personnage – Ah !… Mais qu’est-ce que ça veut dire ?
Gamin – Quoi ? J’ai juste marqué la page, c’est tout.
Personnage – C’est malin, j’en ai perdu un chapitre.
Gamin – Je veux savoir ce que tu disais, laisse-moi te lire : « Tout kôté mwen pasé… » Ne bouge pas ! Alors… « Partout où je passe, partout où je pose mes yeux… Je vois que c’est avec ton sang, qu’ils ont bâti toute leur force… » Mais, tu n’as pas tout dit !
Personnage – Et alors ! Il ne m’appartient pas de tout dire.
Gamin – Moi, je veux tout lire, attends ! « Amérindien frè mwen… » Alors… « Amérindien mon frère, mais qu’est-ce qu’ils t’ont fait là, mais comment ont-ils pu te faire ça… Amérindien… » Ne bouge pas !… « Ils n’ont aucun… regret… »
Personnage – Lâche-moi ! Tu n’as tout de même pas la prétention de réviser le cours de l’Histoire… Je t’ai dit de me lâcher ! Il est vrai que je m’enlise parfois, que je me répète souvent, mais il est aussi vrai que je passe toujours. Il n’est pas encore né celui qui bouleversera mes préceptes. Alors sors de mon chemin, gamin ! *(Il sort.)*
Gamin – Mais, je n’ai pas fini de te lire !…
Personnage – Me lire, pour quoi faire ?

GAMIN – Pour te dire… Pour que tout soit dit. Toi, tu ne dis que ce qui te plaît de dire. Il faut pourtant bien qu'elle circule la mémoire, il faut pourtant bien qu'on l'entende.

ZINDZIWA – Il y en aura toujours qui continueront à se prendre pour des autruches, enterrant leur tête dans les sables mouvants de leur suffisance, ils seront comme autant de grains de sable bloquant les rouages de l'humanité.

GAMIN – D'où tu sors toi ? J'ai connu quelqu'un qui parlait comme toi… Pourquoi tu dissimules ton visage ? Laisse-moi te voir…

ZINDZIWA – *(Elle chante.)* Pa cheché sav ki moun mwen yé
(Ne cherche pas à savoir qui je suis)
Pa cheché sav yo di mwen sé
(Ne cherche pas à savoir, on dit que je suis).

GAMIN – Zindziwa !

Ils chantent ensemble.

Marchande bonbons, marchande pistaches, marchande sorbet
Marchande snowball, marchande gâteaux, marchande d'espoir…

CHAPITRE – Excuse - excuse - excu- sez-moi, vous - vous - vous n'auriez pas, vous n'auriez pas vu - vu passer… Euh pardon, pardon, par- don, je - me présente je - suis - Temps forts, un cha- pitre d'une page - d'histoire. Il y a eu - un ac- cident, j'ai - été - é - jecté et on - on - on m'a - perdu.

GAMIN – Et qu'est-ce que tu donnes à lire, toi ?

CHAPITRE – Moi, - j'a- ffiche - les - titres : Abo, abo, abolition de l'es- clavage dix-huit - dix-huit cent - dix-huit cent quarante-huit, Départe- ment départe- menteur euh - mentèrent- ah ! menta, oui ! départe- menta- li- sation ah ! ah ! dix-neuf cent - dix-neuf cent quarante-cinq, ah ! ah ! Indé-nomie..., euh... Auto- pendance, euh... ah ! ah !... ça s'mé- lange... c'est - le - choc, le choc des, des ci- ci- civili-civilisa- sa- tions euh pardon, pardon, par- don. Il y a eu - un - accident, j'ai - été - é- jecté et - et - et - et on - on m'a - on m'a per- du. Je - je - je - je dois - re- trouver ma - ma - ma page. Bon- bon - b- on - j'y- j'-y vais !

GAMIN – Eh chapitre ! Tu n'en as pas assez de faire le pitre ? Miaou...

ZINDZIWA – Arrête un peu, tu vas le vexer !

GAMIN – Ce n'est pas méchant, c'est juste pour rire.

ZINDZIWA – Mais lui, ça ne le fait pas rire, tu vois bien. Même si ce n'est pas méchant. Il faut apprendre à sentir les gens. C'est tout un art. S'initier à la compréhension, prendre l'autre avec soi...

GAMIN – Oh !... C'était juste pour faire rire.

ZINDZIWA – Faire rire qui ?

GAMIN – Les petits oiseaux qui nous observent. *(Il rit.)*

ZINDZIWA – Gamin, tu te cramponnes encore à la paroi. Tu as glissé dans le tunnel, et une fois de plus tu ne veux pas en sortir. Tu ne peux pas rester dans cette intersection indéfiniment. Il te faudra bien passer le gué, gamin.

GAMIN – Je sais Zindziwa, mais je n'ai pas envie... Je ne me sens pas invité, je ne me sens pas attendu. La première route que j'ai tirée vers moi, si je m'y étais engagé, elle m'aurait piétiné sans même s'en rendre compte. Tout le monde s'affairait circulant dans tous les sens, chacun dans sa bulle, se croisant sans se voir.

ZINDZIWA – Beaucoup d'enfants de ton âge se crispent devant la folle agitation de notre siècle. Ils se tapent la tête contre les fortifications et quand il n'y a pas de murs, ils se fracassent la tête les uns contre les autres. Encore tout pleins de l'intervalle de l'enfance, ils répugnent à se laisser harponner…

GAMIN – Tu as vu avec quelle arrogance et quelle désinvolture, la page d'histoire a étalé sa superbe. Mais quelle est cette part de monde qui m'est donnée en héritage ?

ZINDZIWA – Les droits de succession sont très élevés, j'en conviens. C'est faramineux. Voire insupportable… C'est ainsi.

GAMIN – C'est ainsi… Et c'est tout ! C'est ainsi !… Il n'y a pas d'alternative ?

ZINDZIWA – Quand on te lègue une maison toute déglinguée, et qu'on te dit que désormais c'est là que tu devras vivre, tu n'as pas d'autre option que de tenter de la restaurer.

GAMIN – Mais…

ZINDZIWA – Chut… *(Elle le berce.)*

Sucre à coco
Tablette coco
Gâteau patate
Gâteau coco
Amour caché
Pa cheché sav ki moun mwen yé
(Ne cherche pas à savoir qui je suis)
Pa cheché sav yo di mwen sé
(Ne cherche pas à savoir, on dit que je suis)
Marchande bonbons, marchande pistaches, marchande sorbet
Marchande snowball, marchande gâteaux, marchande d'espoir…

Allez gamin, en piste ! Tu dois t'extirper du tunnel avant que ne se sclérose ta confiance. Rien n'est jamais perdu d'avance. Ancre-toi en ton cœur et embarque-toi sans appréhension ! Jusqu'alors tu as laissé la route venir à toi, à présent, toi, engage-toi sur le chemin.

Proposition : Elle le fait tourner, tourner, tourner et elle le lâche, il est sorti.
Intention : Il ne doit pas sortir de lui-même.

3 - Zindziwa seule : elle scrute l'horizon.

ZINDZIWA – Allez, gamin, ! Traverse, accouche-toi ! C'est de nouveau le temps de la transhumance. Va, gamin, va ! Ne te trompe pas de route, prends celle du cœur, elle te préservera… Et ne les écoute pas. Ce n'est pas vrai qu'il est trop tard, que tout est verrouillé. Ce n'est pas vrai la pollution de l'air, des eaux, du sol, le réchauffement de la planète. Ce n'est pas vrai, gamin. Va, traverse ! Ne les écoute pas… Ce n'est pas vrai la monstruosité des appétits marchands, les riches qui s'enrichissent, les pauvres qui s'appauvrissent. Ce sont des poncifs, tout ça ! Ils en seraient arrivés à vouloir instrumentaliser le vivant ? Mais non, ça ne peut pas être vrai, gamin. Ne les écoute pas ! On ne peut pas vouloir s'approprier le vivant, on ne peut pas vouloir confisquer la vie ! Quant à ton pays, qu'on maintiendrait sous perfusion et qui serait condamné à l'unique circulation de touristes atteints de touristose, ça ne peut pas être vrai, gamin. Ne les écoute pas.
Imprime dans ton cœur que ce n'est pas vrai, gamin. Imprime-le ! Et tu feras contrepoids. Oui, il y a une alternative… C'est toi, gamin… Toi.

4 - Une forêt gigantesque.

LE CHŒUR DES ARBRES – Il était un monde monde
Perdu dans le jeu du monde monde
Il était un monde monde
Saccagé par les lois du monde monde
Il était des hommes hommes
Englués dans la toile du monde monde

(Entre Gamin.)

GAMIN – Ces arbres sont immenses. Et les troncs sont énormes. Elles sont amusantes ces racines, de vrais fauteuils !

(Entre le Flop.)

FLOP – J'arrive de l'envers, je fonce en votre endroit.

GAMIN – D'où tu sors, toi ? Tu as vraiment l'air ridicule.

FLOP – Ridicule… Peut-être. Mais puissant, assurément.

GAMIN – Toi ? Mais tu ne ressembles à rien. Ta tête n'a pas de visage. Je n'ai jamais vu un être aussi étrange. Tu n'as ni devant ni derrière. Encore un peu on te chercherait, on ne te trouverait pas. En réalité tu ne possèdes rien, tu ne dois même pas avoir un nom.

FLOP – Flop ! On me nomme Flop ! Je suis Flop, le Flop. Je règne sur la vallée des larmes.

GAMIN – Toi, un souverain. Les habitants de cette contrée seraient vraiment stupides pour se laisser gouverner par quelqu'un d'aussi grotesque. Regarde-toi, regarde comment tu es fagoté. Tout ce que tu portes n'a aucune valeur. Tu es habillé avec des « rad kabann ». Oui, des haillons. *(Il rit.)*

FLOP – Attention, gamin ! Tu me dois le respect. Je peux devenir très méchant.

Silence.

FLOP – Regarde cette forêt. J'étends ma suprématie sur chacun de ses arbres. Des racines, je remonte aux troncs. Des troncs, j'envahis les branches. Des branches, je m'attribue les feuilles. Des feuilles, je ravis les fleurs. Des fleurs, je capture les abeilles. Des abeilles, je détourne le soleil.

GAMIN – Arrête ! J'en ai assez entendu.

FLOP – Je n'ai pas fini. Je t'ai parlé de la forêt, mais je ne t'ai encore rien dit de mes sujets.

GAMIN – Arrête ! Tu pues de la bouche.

FLOP – Mais je n'ai pas de visage... Comment peux-tu dire que j'empeste ?

GAMIN – Tu es monstrueux ! On ne peut même pas identifier le lieu d'où sont propagés tes mots. Ton haleine est fétide Flop, quel que soit l'endroit d'où tu parles, ton souffle est pestilentiel. Je pars !

FLOP – Personne ne traverse mes terres ! Quand on s'y engage, on y reste !

GAMIN – Je ne me suis pas avancé sur ton domaine. Regarde bien, je suis à l'orée de ton bois. Et je n'ai pas l'intention de pénétrer ta forêt.

FLOP – Je ne voulais pas t'effrayer. Viens, entre dans mon univers.

GAMIN – Non. Je ne t'écouterai pas. Je change de route. *(Il sort.)*

LE CHŒUR DES ARBRES – Il était un monde monde
Perdu dans le jeu du monde monde
Il était un monde monde

Saccagé par les lois du monde monde
Il était des hommes hommes
Englués dans la toile du monde monde

5 - Une nuit épaisse, profonde.
Gamin se déplace avec appréhension.

GAMIN – La nuit n'a pas livré ses étoiles et la lune en signe de contestation refuse de se montrer. Et moi, je dois avancer dans cette opacité.

ZINDZIWA – Ne te décourage pas, gamin.

GAMIN – Zindziwa ! Où es-tu ? Je t'entends, mais je ne te vois pas.

ZINDZIWA – Calme-toi et tu me verras.

GAMIN – Mais…

ZINDZIWA – Tu fais trop de bruit dans ta tête. Mets-y un peu de silence.

GAMIN – La nuit m'oppresse. Je n'arrive pas à dompter le vacarme dans mes pensées. Zindziwa, où es-tu ?

ZINDZIWA – Je suis dans ton cœur… *(Elle chante.)*
Marchande bonbons, marchande pistaches, marchande sorbet

GAMIN – Oh…

ZINDZIWA – Marchande snowball, marchande gâteaux, marchande d'espoir…

GAMIN – Zindziwa ! Oh, que c'est beau ! Où sommes-nous ?

ZINDZIWA – Nous sommes dans ton cœur, gamin.

GAMIN – Dans mon cœur ?

ZINDZIWA – Oui. Mon chant a muselé le bourdonnement dans ta tête…

GAMIN – Et un chemin est venu vers moi.

ZINDZIWA – Le chemin du silence. Il t'a conduit en ton cœur.

GAMIN – Quelle flamboyance ! Alors tout ça c'est en moi ?

ZINDZIWA – Oui, chaque fois que tu es en paix, ton cœur s'illumine.

GAMIN – Zindziwa, j'aimerais rester ainsi la tête sur tes genoux, sans bouger, sans rien faire.

Silence.

ZINDZIWA – ...Si tu étais en croisière, gamin, voudrais-tu faire tout le voyage dans la cale du bateau ?

GAMIN – Ah non !

ZINDZIWA – Alors debout ! Allez...

GAMIN – Zindziwa...

ZINDZIWA – Chut ! Apprends la confiance et tu éteindras les braises que la peur alimente dans ta tête. Allez, gamin, en piste !

Zindziwa le regarde s'éloigner. De nouveau il avance dans la nuit...

ZINDZIWA – Allez va, gamin, va ! Enjambe le morne. Dépasse la peur. Juste derrière, il y a le nouveau monde... Tu peux le faire, gamin. Entre dans la confiance.

6 - La Nuit. Elle se retire.

LE CHŒUR DU SOLEIL – Tourne, tourne, tourne la joie
Ouvre ton cœur, ouvre ton cœur
Monte, monte, monte l'espoir
Chante l'amour, chante l'amour.

PAYSAN – Approche, gamin ! Ne reste pas au loin, viens !... Entends-tu le chant du soleil ? Aujourd'hui encore, il salue le jour avec entrain, stimulant chaque pousse de ce jardin. « Monte, monte, monte l'espoir »... Il n'est pas une parcelle de vie qui résiste à son rayonnement.

GAMIN – Jamais je n'avais connu de nuit aussi sombre. J'ai combattu les grondements dans ma tête. J'ai escaladé le morne...

PAYSAN – Tiens, elle vient de la source ! La légende dit : « Lorsque la nuit deviendra plus épaisse que l'épaisseur, le moment sera venu de tenter la délivrance »...

GAMIN – Encore un peu.

PAYSAN – Sur l'autre versant de ce piton dans la vallée du bas, se dresse la demeure de la Belle-sans-conscience. Un adolescent y est retenu. Chaque soir ses pleurs envahissent la nuit. L'histoire raconte que seul celui qui mystifiera le regard de la maîtresse de ce lieu, pourra le délivrer.

GAMIN – Je l'ai entendu pleurer. Sa complainte était si forte qu'elle a guidé mes pas. Il m'appelle, je le sens...

PAYSAN – Alors va gamin, et fais attention au chien aux multiples têtes.

GAMIN – Un chien avec plein de têtes ? Et bien sûr, les têtes sont farcies avec des dents.

PAYSAN – Oui, c'est un animal monstrueux. Bon nombre de braves ont fait demi-tour quand ils l'ont vu. Si sa vision est insoutenable, tu pourras toujours revenir sur tes pas mais... N'oublie pas, le soleil est puissant.

LE CHŒUR DU SOLEIL – Tourne, tourne, tourne la joie
Ouvre ton cœur, ouvre ton cœur
Monte, monte, monte l'espoir
Chante l'amour, chante l'amour.

7 - La légende.

GAMIN – Zindziwa ! Zindziwa ! Réponds-moi… Me voilà de l'autre côté du versant, au pied de la montagne, au domaine de la Belle-sans-conscience. (*Gamin pénètre dans la cour. Le chien aux multiples têtes est devant la porte. Il tire sur sa chaîne. Il gronde…)* Pourquoi Zindziwa ne se manifeste-t-elle pas ? Zindziwa ! Zindziwa ! Sage la peur. Sage. Silence… Faire silence. Calme. Toi le chien, malgré tes vilaines têtes, tu n'es qu'un chien. Tranquille, là… Ah, ah ! Calme, calme la peur. Ah ! Silence, faire silence… Le soleil ! Oui. Le soleil… « Tourne, tourne, tourne la joie. Ouvre ton cœur, ouvre ton cœur… » Gentil, gentil le chien. « Monte, monte, monte l'espoir. Chante l'amour, chante l'amour. »

BELLE-SANS-CONSCIENCE – Que se passe-t-il ? Je n'entends plus les grognements de mon cerbère… Comment ? Que fais-tu dehors toi ? Qui t'a libéré ?

GAMIN – …Euh ! Je… Je me suis délivré.

BELLE-SANS-CONSCIENCE – *(L'attrapant solidement.)* Je résoudrai ce mystère plus tard, pour l'instant je te ramène dans ton cachot. Allez et inutile de te débattre ! Et ce chien qui ne réagit plus, qu'est-ce que tu lui as fait ?

GAMIN – J'ai fredonné la salutation du soleil…

BELLE-SANS-CONSCIENCE – Malheureux, ne prononce jamais ce nom devant moi. Ici règne une nuit sans astres, une nuit sans fond. Tu as hypnotisé mon chien… Tiens, la serrure est fermée. Comment es-tu sorti de cette geôle ? Tu ne veux pas le dire ? Tu n'auras ni pain, ni bouillon, quand tu auras faim, tu finiras bien par parler. Je vais te veiller personnellement. Allez ouste, entre là-dedans !

GAMIN – Oh !

BELLE-SANS-CONSCIENCE – Ce n'est pas possible ! Non ! Ils sont deux ! C'est le même. C'est deux fois le même. Mais alors, la légende… Non. Non. Ne vous embrassez pas. NON !

LE CHŒUR DU SOLEIL – Tourne, tourne, tourne la joie
Ouvre ton cœur, ouvre ton cœur
Monte, monte, monte l'espoir
Chante l'amour, chante l'amour.

GAMIN – Mais… Ah, Zindziwa, te voilà enfin !

ZINDZIWA – Chut !

GAMIN – Je ne comprends pas, où est passé mon jumeau ?

ZINDZIWA – Tu as traversé, gamin.

GAMIN – Où est passé mon jumeau ?

ZINDZIWA – En vous embrassant, vous avez fusionné. Vous êtes à présent, une seule et même personne. En dépassant ta peur, tu as traversé, gamin. Le morne est enjambé. Le vieux monde est derrière toi… De cette union, la lumière avait jailli, volatilisant la Belle-sans-conscience et son voile d'opacité. Et la légende raconte qu'il fut alors décidé que chaque femme du nouveau monde recevrait en témoignage, le nom de « Zindziwa » et chaque premier fils, celui de « Gamin ».

GAMIN – Zindziwa, elle a vraiment existé la légende du vieux monde ?

ZINDZIWA – Je ne saurais te le dire, gamin. Les légendes, elles vont et elles viennent. L'important c'est d'entendre ce qu'elles nous enseignent. Un jour, alors que j'étais moi-même adolescente, ma mère, Zindziwa, me raconta :

Le dernier matin du monde
Le colibri dit à la fleur
Laisse-moi, une dernière fois, butiner ton cœur
La fleur dit à l'oiseau

Laisse-moi, une dernière fois, entendre ton chant
La pluie dit à la terre
Laisse-moi, une dernière fois, me répandre sur ton ventre
La terre dit à la pluie
Laisse-moi, une dernière fois, éclore mes enfants
Le soleil dit à l'homme
Laisse-moi, une dernière fois, tenter d'ouvrir ton cœur
L'homme dit au soleil
Laisse-moi, pour la première fois, te demander pardon

Et parce que l'homme, au dernier matin du monde, avait fait sa demande en pardon, le vieux monde avait été répudié. Une aube nouvelle se dressait sur l'autre versant de la montagne…

GAMIN – Zindziwa, raconte-moi encore la légende du vieux monde

ZINDZIWA – Sucre à coco
Tablette coco
Gâteau patate
Gâteau coco
Amour caché
Pa cheché sav ki moun mwen yé
Pa cheché sav yo di mwen sé
Marchande bonbons, marchande pistaches, marchande sorbet
Marchande snowball, marchande gâteaux, marchande d'espoir…

Françoise du CHAXEL

Si on rêvait ?
Si on parlait ?

Françoise du CHAXEL – Auteur, directrice de la collection « Théâtrales jeunesse » aux éditions Théâtrales, écrivain associée au Théâtre de la Cité Internationale. *Un Goût de pierre dans la bouche* suivi de *Les oiseaux maladroits* (L'Esprit du temps, Le Bouscat, 1993), *Un peu de neige dans le sang* (Théâtre S en Bretagne, Rennes, 1993), *Un printemps s'est noyé dans la mer* (Très Tôt Théâtre, 1995), *L'été des mangeurs d'étoiles* (Très Tôt Théâtre, 1996, Théâtrales, 2002), *En automne, j'ai même vu des renards danser* (Urgence de la jeune parole, Théâtre de la Digue, Toulouse, 1997).

Texte écrit
pour

Claudine Charles
Jane Dardenne
Judith Delvincourt
Hélène Godet
Marylène Ingrandt
Laïa Jufresa
Caroline Kaufmann
Floriane L'Heureux
Alisson le Roch
Gilbert Pilleul
Michael Sautron

La ville n'est pas faite pour moi
je ne suis pas faite pour la ville

trop grande
trop petite
trop grise

ville grise
sans horizon

ville qui a oublié le soleil couchant

les étoiles sont effacées du ciel
la lune se confond avec les néons

je ne sais plus
ce qu'est la nuit

la nuit tombe
personne pour la ramasser

plus de couleurs
plus d'horizon
trop de béton entassé

pas la peine d'ouvrir les fenêtres
rien à voir

un homme pleure
dans le froid
un enfant joue

dans un jardin sans arbres
je ne les vois plus

le périphérique gronde
je n'y fais même plus attention
dans ma tête
j'entends des tam-tam

une femme tend la main
je détourne le regard
j'enfonce mes mains dans mes poches

un chien file sur le trottoir
perdu
ici
il ne peut pas se fier à son flair

il cherche une main
qui arrêterait sa fuite
qui le caresserait

je cherche une main
je ne la trouve pas

ailleurs peut-être
on se regarde
on s'arrête
on rêve encore pour de bon
est-ce que je sais encore rêver ?

ailleurs le sable est doux sous les pieds
ailleurs les couleurs sont vives

ailleurs aussi des guerres
des frères qui s'affrontent
des enfants au ventre vide

ailleurs des femmes
cachées derrière leurs voiles

odeurs de ville
chargées de solitudes

j'aimerais m'étourdir
d'odeurs violentes

odeur verte des sapins
odeur troublante de la nuit d'Afrique

odeur de la mer qui s'écrase sur le sable
et fait jaillir son parfum

en ville
je désapprends la beauté
je m'écorche aux murs
je ne croise plus de regards

la ville
m'apprend à mentir
et me prend ma douceur

la ville
se réfugie sous terre
ville souterraine

le métro comme un abri

les corps s'entassent
mais ne se touchent pas

j'ai croisé un regard
enfin
je ne l'oublierai pas

il racontait des paysages
et des violences
d'autres violences

ailleurs de vrais paysages
ailleurs des corps qui dansent
ailleurs des femmes
qui rêvent de la ville

ailleurs on se bat
comment c'est la guerre ?

je connais les images
elles se ressemblent toutes

des enfants jettent des pierres
on leur tire dessus

c'est ça la guerre ?

des villages innocents brûlent
des petites filles qui jouent
sautent sur des mines

c'est ça la guerre ?

pourtant ailleurs la beauté
le ciel plein d'étoiles
la musique qui raconte le corps

je tends le bras
et je touche le ciel

je tends le bras
et je cueille des couleurs

je tends le bras
et je ramène une poignée de gris

Un garçon, plusieurs filles.

Le garçon joue avec un jeu vidéo.

LE GARÇON – Avec ça je construis la ville que je veux. D'abord une rivière, bien au milieu la rivière. J'imagine pas une ville sans rivière... tout autour une forêt... l'eau, le bois, les bonnes odeurs.

UNE FILLE – Grande comment ta ville ?

LE GARÇON – Moyenne. J'aime que les villes moyennes.

UNE FILLE – Ça veut dire quoi moyenne ?

LE GARÇON – Une ville où tu connais tout le monde... les rues maintenant, larges, on y marche sans se bousculer... des maisons, pas des immeubles... ou alors des petits qui ne cachent pas le soleil.

UNE FILLE – Une ville sans bruit c'est possible ?
LE GARÇON – Peut-être... là j'te dessine des rails de tramway silencieux.
UNE FILLE – J'aimerais bien une ville sans mecs ou alors seulement ceux qu'on a choisis.
LE GARÇON – Parle pas de c'que tu connais pas.
UNE FILLE – Il n'y a personne dans les rues.
LE GARÇON – Ils sont chez eux.
Attend, tu vas voir, en voilà.
UNE FILLE – Des gros et des maigres, pas de moyens.
LE GARÇON – Les gros ce sont les riches.
Les maigres travaillent pour les gros.
UNE FILLE – Et les femmes ?
LE GARÇON – Les femmes ça embrouille tout.
On verra plus tard.
UNE FILLE – Tu m'expliqueras comment ils font tes habitants, sans femmes.
UNE FILLE – De quoi ils vivent les gros et les maigres ?
LE GARÇON – Ils exploitent la forêt.
UNE FILLE – Il y a des chasseurs ?
LE GARÇON – Bien sûr, regarde.
UNE FILLE – Ceux qui ont des armes ?
LE GARÇON – Oui.
UNE FILLE – Et ils se baladent en ville comme ça ?
Rassurant.
UNE FILLE – J'vois pas d'enfants.
LE GARÇON – Là, ils traversent la rue.
UNE FILLE – Ils se ressemblent tous, comme les maisons.
LE GARÇON – Normal, on ne sait pas encore s'ils seront gros ou maigres.
UNE FILLE – J'vois pas de vieux.
LE GARÇON – Ils sont dans la forêt.

Voilà la forêt, au milieu un labyrinthe, dans le labyrinthe les vieux et les criminels.

Une fille – C'est ça ta ville idéale ? Tu te débarrasses de tout ce qui gêne. Bravo !

Le garçon – Au moins c'est pas hypocrite comme ici.

Une fille – Tu vas voir qu'il va y envoyer les filles qui lui plaisent pas.

Une fille – Tu parles plus de la rivière.

Le garçon – La forêt c'est utile, la rivière c'est pour rêver en se promenant au bord, pour rêver qu'elle vient de loin.

Une fille – Derrière la forêt il y a quoi ?

Le garçon – J'sais pas encore, une autre ville sans doute.

Une fille – Et quand la ville sera trop petite pour ses habitants ?

Le garçon – Ils traverseront la forêt, ils iront plus loin.

Une fille – Les chasseurs en tête bien sûr.

Le garçon – Bien sûr.

Deux filles, un garçon, un pays d'après-guerre.

Fille 1 – D'où tu viens ?

Garçon – De loin

Fille 2 – Ça veut rien dire

Garçon – D'une ville

Fille 1 – Ici aussi c'est une ville

Fille 2 – C'était une ville

Fille 1 – Pourquoi t'es venu ?

Garçon – Je voulais voir

Fille 1 – Y'a rien à voir

Garçon – Ça ne ressemble pas aux images de la télé. Comment c'était la guerre ?

Fille 2 – Fallait être là avant

Garçon – Vous avez vu des gens mourir ?

Fille 1 – Plutôt nul comme question

Garçon – (*S'adressant à Fille 2.*) Tu as tué quelqu'un ?

Fille 2 – Devine

Un temps.

Garçon – Et maintenant c'est comment ?

Les filles répondent comme si elles se parlaient à elles-mêmes.

Fille 1 – Le froid

Fille 2 – La faim

Fille 1 – Le cœur serré

Fille 2 – La peur encore

Fille 1 – La vie au jour le jour

Fille 2 – Un sourire parfois

Un temps.

Garçon – Vous êtes seules ?

Fille 1 – { On n'aime pas les curieux

Fille 2 – { Salut

Deux filles.

FILLE 1 – Ça se passe dans une île genre paradis terrestre… La mer, le soleil, des grandes maisons qui donnent sur la plage, des gens qui travaillent jamais, qui ont des bateaux, des domestiques, des jardins comme on n'en voit nulle part…

FILLE 2 – M'm

FILLE 1 – Dans une de ces maisons, y'a une famille qui pense qu'au fric ; comment ils vont en gagner, comment ils vont le dépenser, comment ils vont bluffer les autres. Ils parlent que de fric, ils rêvent que de fric. Dans cette famille y'a une fille qui est pas comme eux. Jessica elle s'appelle. Tu suis ?

FILLE 2 – M'm

FILLE 1 – Elle, Jessica, elle veut vivre autrement, elle tombe amoureuse d'un mec qui est pas de son milieu, de sa famille à fric, un pêcheur de l'île, un super mec, brun aux yeux bleus, genre sauvage. Tu vois ?

FILLE 2 – Je vois.

FILLE 1 – Mais la famille Binton, ils s'appellent Binton, ils sont pas d'accord mais alors pas du tout. Leur fille amoureuse d'un pêcheur qui va noyer leur bel argent dans la mer !
Alors ils lui offrent des bijoux à Jessica, un bateau, un chien, ils lui présentent plein d'autres mecs, « des beaux partis » comme ils disent. Mais Jessica elle veut rien savoir, elle en a rien à faire du fric des parents. Son pêcheur, Tomeo, elle l'a dans la peau, elle veut partager sa cabane de pêcheur, repriser ses filets, l'attendre sur la plage.
Tu comprends ?

FILLE 2 – Je crois oui.

FILLE 1 – La famille Binton se fâche. Se fâche sévère. Jessica veut la guerre elle va l'avoir. Larmes de la mère. Colère du père. Chantage. Si elle cède pas, elle est plus leur fille. Qu'est-ce que tu crois qu'elle répond Jessica ?

FILLE 2 – J'sais pas.

FILLE 1 – « Votre fric j'en ai rien à foutre, votre maison je l'ai jamais aimée et puis vous non plus ».

Fous ils sont les parents. Ils pensent plus qu'à une chose, tu devineras jamais.

FILLE 2 – Se débarrasser du beau pêcheur.

FILLE 1 – Comment t'as deviné ?

Ils vont d'abord essayer de l'acheter, ils lui proposent un tas de fric pour qu'il aille pêcher ailleurs, il les regarde droit dans les yeux, tu te rappelles ? Il a des yeux bleus terribles. Alors...

FILLE 2 – (*Se lève.*) Y'a une copine qui m'attend. Salut.

FILLE 1 – T'as pas envie de savoir la suite ?

FILLE 2 – Non.

Un quai de métro,
une fille regarde une affiche d'agence de voyages.

Des maisons blanches, blanc éclatant
la mer bleue, très bleue
le ciel d'un autre bleu, violent aussi
le soleil brutal
longtemps que je n'ai pas vu de vraies couleurs
pas un souffle de vent
pas de bruit
ou alors celui des cigales
ou un chant

la chaleur
je sens cette chaleur même ici sur ce quai de métro
je suis sûre qu'on devient plus belle sous le soleil
une fois je suis allée chercher quelqu'un à l'aéroport
j'ai regardé les destinations sur le tableau des départs
Athènes, Tunis, Mexico
pays de soleil
envie de partir
je ne pars jamais
mes voyages je me les fabrique en rêve
mes soleils aussi

Un jour j'ai eu un souvenir qui ne m'appartenait pas
Je marchais dans une forêt
une forêt comme un pays immense
une forêt aux arbres trop verts
aux odeurs trop fortes
Je marchais sans avoir peur
moi qui ai toujours peur de ce qui m'enferme
je savais où j'allais
la ville, les copains, le lycée, la maison
J'avais tout oublié
tout à coup
au milieu de tout ce vert
une cabane en planches irrégulières
je regarde entre les planches
assis sur un banc un homme
fabrique une grande cage à oiseaux en bois
Une cage à oiseaux ? Dans la forêt ?
Je n'ose pas entrer
ni faire de bruit
il m'a entendue

il se lève, ouvre la porte
comme s'il m'attendait
me montre la cage
il me dit : « C'est pour Lili, la corneille qui est blessée »
je dis : « Oui, je sais »
et je repars
je retraverse la forêt, je marche
vers la ville, les copains, le lycée, la maison

Je ne connais pas cette forêt
Je ne connais pas cet homme
Ce souvenir ne m'appartient pas

Fille 1. Fille 2.

FILLE 1 – Tu te rappelles l'histoire de Jessica ? Son beau pêcheur, Toméo, il était pas si sauvage que ça. L'argent des Binton, il a pas craché dessus, il l'a pris, il s'est acheté un super bateau et il est parti. Pas gêné le mec.
FILLE 2 – M'm
FILLE 1 – Et Jessica, reniée par ses parents, trahie par Toméo, qu'est-ce que tu crois qu'elle a fait ?
FILLE 2 – Elle est rentrée au couvent.
FILLE 1 – *(Hausse les épaules.)*
FILLE 2 – Elle est devenue top model.
FILLE 1 – Elle a vendu ses bijoux, son bateau, tout ce que ses parents lui avaient offert et elle est partie soigner les enfants en Afrique. Du paradis à l'enfer brutalement.
FILLE 2 – Et elle est tombée amoureuse d'un bel Africain.
FILLE 1 – Non, du docteur.
FILLE 2 – Ben voyons.

FILLE 1 – C'est une super histoire non ?
FILLE 2 – Tu trouves pas que ça fait beaucoup pour une seule nana.
FILLE 1 – Y'en a qui cumulent, y'en a à qui il arrive jamais rien.

Fille 1. Fille 2. Fille 3.

FILLE 1 – (*Plongée dans un journal.*) Jamais vu des yeux aussi tristes.
FILLE 2 – De quoi tu parles ?
FILLE 1 – (*Lui montrant une photo dans le journal.*) Ça raconte quoi cette tristesse ? Ses yeux lui mangent le visage.
FILLE 2 – C'est qui ?
FILLE 1 – C'est Florence Rey. Le procès est fini, vingt ans de prison.
FILLE 2 – Qu'est-ce qu'elle a fait ?
FILLE 1 – Tu vis comment toi ? Des boules Quies dans les oreilles, un bandeau sur les yeux ?
FILLE 2 – Les faits divers ça m'intéresse pas.
FILLE 1 – Tu préfères les feuilletons débiles. La vie comme elle existe nulle part.

Cette fille elle était comme toi et moi. Parents, frères et sœurs, le bac... Un jour un mec la fascine avec ses discours. Il rêve d'une autre société, où tout serait juste. Tu vois le genre. Elle, la fille sans histoires, elle l'écoute, elle le suit, elle vit avec lui dans un squat, elle rêve aussi de changer le monde.

Mais ils font pas que rêver. Ils achètent des armes. Ça leur suffit pas, un soir ils vont à la préfourrière de Pantin, ils en fauchent aux gardiens, ils prennent un taxi en otage et là ça tourne au carnage. Le chauffeur de taxi accroche exprès une voiture de police, appelle au secours, fusillade. Ils prennent une autre voiture, course poursuite, fusillade. Fin de la cavale. Résultat : trois policiers tués, le chauffeur de taxi et Audry, le copain de Florence. Et elle au milieu de ce carnage avec ses grands yeux tristes. Elle rêvait d'une autre vie, pas de ça.

FILLE 2 – Qu'est-ce qu'elle a dit au procès ?

FILLE 3 – (*Silencieuse depuis le début mais qui écoutait.*) « Je suis désolée. »

FILLE 1 ET FILLE 2 – (*Se tournent vers elle.*) Quoi ?

FILLE 3 – « Je suis désolée. » C'est ce qu'elle a dit.

Un garçon, une fille, un bocal de poissons rouges.

LE GARÇON – Ça a vraiment l'air con un poisson rouge. Ça rêve tu crois ?

LA FILLE – Pourquoi pas ?

LE GARÇON – On sait qu'un chien rêve quand ses moustaches frémissent.

LA FILLE – Les poissons ça a pas de moustaches et ça dort jamais. Ça doit pas rêver.

LE GARÇON – Si on te sortait de ton bocal il te faudrait combien de temps pour réapprendre la liberté ?

LA FILLE – J'suis pas dans un bocal.

LE GARÇON – On vit tous dans un bocal.

(Silence)

Bob le dauphin, il déprimait dans un bassin pour touristes, genre piège à beaufs. Il déprimait tellement qu'il mangeait plus, jouait plus, se laissait mourir d'ennui. Un jour, une

spécialiste des dauphins le voit et décide de le sauver. Elle le rachète à son zoo minable, appelle au secours un champion de nage en apnée pour qu'il lui apprenne la mer.
D'abord Bob, il est timide, puis il s'habitue. Ils deviennent potes. Le dauphin joue, nage plus large, revit.
Le champion peut pas toujours faire la nounou, un jour il laisse Bob se débrouiller tout seul.
Le Titanic, à côté de leur histoire c'est du roman-photo.
Si je pouvais trouver quelqu'un qui m'emmène au large !

La fille – Ça a vraiment l'air con un poisson rouge.

Un père, sa fille, dans le noir.
Peut-être la lueur d'une bougie sur une table ou celle d'une lampe de poche que tient le père.
Il cherche quelque chose.

Le père – J'me demande où ta mère range les fusibles.

La fille – On pourrait pas rester un peu dans le noir ? J'aime bien.

Le père – Pour une fois que je rentre tôt !

La fille – Peut-être que dans le noir on pourrait parler.

Le père – Ta mère elle s'occupe de tout mais elle me dit rien.

La fille – Papa, tu trouves pas que le chien déprime ?

Le père – Je rentre de bonne heure, je me prépare à une soirée tranquille, les plombs sautent et tu me parles du chien !

La fille – Il est triste le chien. Il est trop seul. Un chien ça a besoin d'espace, ça a pas juste besoin de manger.

Le père – Ce chien on aurait jamais dû le garder, c'est bien ta mère ça. Un chien trouvé dans la rue.

La fille – Un chien ça a besoin qu'on pense à lui.

LE PÈRE – Je pense qu'à lui. Là. T'es contente ? Ça marche comment ces putains de fusibles ?

LA FILLE – J'aime bien être dans le noir. Je peux te parler. Te dire que j'imaginais pas la vie comme ça.

LE PÈRE – Tu imaginais quoi ?

LA FILLE – Une grande vallée par exemple, une vallée qui n'en finit pas, où on peut se perdre sans avoir peur.

Le père se tourne vers elle, la regarde.

LA FILLE – Ou un jeu où tout le monde aurait ses chances, où les dés seraient pas pipés.

LE PÈRE – Tu lis quoi en ce moment ?

LA FILLE – Ou un beau jardin avec des bancs. On y viendrait s'asseoir pour parler à des inconnus.

LE PÈRE – C'était bien le fusible. (*La lumière revient.*) Tu vois. Tu crois que ta mère a préparé quelque chose ?

LA FILLE – J'vais dans ma chambre. J'ai du travail.

Mon ailleurs c'est ici.

je viens de loin
d'un pays de l'autre côté de l'océan
d'un autre continent

j'ai quitté
mon école au milieu des champs
la chaleur humide si douce à la peau
une langue qui fait chanter les mots

j'ai trouvé

une langue inconnue
une ville où personne ne parle à personne
comment apprendre si on ne me parle pas ?

Dans mon histoire il y avait une ville
Mexico, ville immense aux mille dangers

Maintenant il y a Paris
ville cachée derrière mille visages et mille langues

J'ai quitté le chant des oiseaux
pour les lumières et les bruits

parfois je rêve de vert et de silence

D'abord une odeur
celle de la terre brune après la pluie violente
la terre comme un sable grossier
qui roule sous mes pieds nus
une odeur qui monte
et m'étourdit
une odeur qui ressemble à mon enfance
sous la chaleur lourde
de la Guyane
une enfance qui se cache dans les arbres
autour de la maison
dans le jardin trop familier
dans la forêt toute proche et bruyante
dans les vagues douces
dans les chansons créoles de ma mère

mon enfance est là-bas
ici
pour la première fois la neige
pour la première fois la ville
pour la première fois des tours
pour la première fois le gris
pour la première fois des rêves aux drôles de formes
et aux drôles de couleurs

Mon ailleurs c'est un plateau de théâtre.

les projecteurs m'entourent
me protègent
m'isolent
je suis dans un cocon de lumière
je peux rêver

je suis Antigone qui dit non
je suis Electre qui se venge
je suis Ophélie qui meurt d'amour et de folie
et Nina, la mouette blessée
et Agnès qui dit : « Le petit chat est mort. »
je suis Phèdre et Aricie
Andromaque et Hermione
je leur vole leurs violences et leurs passions

pourquoi pas Hamlet ?
un beau personnage Hamlet
tout ce qu'il veut
c'est ne rien vouloir
un beau personnage, sauf que c'est un homme

il paraît

ma vie ne m'intéresse pas
je ne m'intéresse qu'à la vie des autres
pas aux petites vies
non
aux grandes
celles qui sont compliquées
ou celles qui font trembler le monde

moi je ne fais rien trembler
je ne perturbe rien
mes parents peut-être
j'ai une vie trop sage
sans accrocs

mon ailleurs c'est un plateau de théâtre

Fille 1. Fille 2. Fille 3.

Fille 1 – Jessica c'est pas l'genre à s'économiser, quand elle fait quelque chose elle se donne à fond. À force de soigner les enfants en Afrique, elle a attrapé un sale truc, alors…

Fille 2 – Ta Jessica, j'en ai plein les bottes, ras la casquette, j'veux même plus entendre son nom.

Fille 1 – Mais…

Fille 2 – La vie c'est pas les feuilletons nuls de la télé, c'est pas les images papier glacé des magazines, la vie c'est du noir, du blanc et de la couleur. C'est la p'tite vieille qui fait la manche sur le trottoir et deux givrés qui font le tour du monde en ballon, ça patauge et ça plane en même temps.

FILLE 1 – Justement…
FILLE 2 – Justement quoi ?
J'voudrais la voir ta Jessica dans le métro à six heures du soir avec son brushing impeccable et ses fringues sexy. Tu vis par procuration. J'suis sûre que tu délires en tournant les pages de Gala. Si tu veux t'évader « pour de vrai » comme disent les mômes, vole les clés et ouvre la porte. Fais pas semblant.
FILLE 1 – (*Reste silencieuse.)*
FILLE 3 – Facile.
FILLE 2 – (*Se retourne vers elle brusquement.*)
Toi tu dis jamais rien
ou quand tu dis
c'est pour te plaindre
tu veux toujours plus
toujours mieux
toujours autrement
Attention ma p'tite
le blues ça use
ça rogne les ailes
Quand j'te regarde
j'vois du bleu
un jour on trouvera un petit tas de poussière bleue
dans ta chambre
ça sera toi
vivre ailleurs
ailleurs où ?
T'en connais des ailleurs toi ?
Tu crois qu'ailleurs c'est mieux ?
Moi, ici, j'me sens bien
je marche dans la rue
et on me regarde

les regards
y'a qu'ça qui m'intéresse
sous les regards
t'es jamais seule
Ici j'me sens jamais seule
ailleurs j'sais pas
faudrait apprivoiser d'autres regards
le bonheur c'est pas compliqué
suffit d'y croire
bonheur drôle de mot : bon- heur, ça ressemble à rien
Moi tu vois ça va
j'voudrais juste un peu plus de soleil
pour me réchauffer la peau
parfois j'ai froid

Fille 1. Fille 2.

Fille 1 – Deux pleines lunes dans le mois, tu te rends compte.
Fille 2 – C'est pas normal ?
Fille 1 – La pleine lune c'est tous les vingt-huit jours, c'est très rare qu'il y en ait deux dans un mois.
Fille 2 – Bon, il y a eu deux pleines lunes.
Fille 1 – Tu sais que si tu laisses du linge dehors une nuit de pleine lune il jaunit, que les salades montent, que le lait tourne ?
Fille 2 – Tu plantes des salades sur le rebord de ta fenêtre ?
Fille 1 – Que si tu te coupes les cheveux pendant la pleine lune, ils repoussent plus vite ?
Fille 2 – Des histoires de bonne femme.
Fille 1 – Les nuits de pleine lune je ne dors pas, c'est comme si le ciel entrait dans ma chambre.

FILLE 2 – Comment tu sais que c'est la pleine lune ?
FILLE 1 – Suffit de lever la tête et de regarder.
FILLE 2 – Ici, je ne regarde jamais le ciel.
FILLE 1 – Et puis je sens dans mon corps comme une impatience.
FILLE 2 – Ici le ciel est brouillé.
FILLE 1 – Le 11 août il y aura une éclipse totale de soleil, j'en ai déjà des frissons. En pleine journée d'été, trois minutes de soleil noir, l'angoisse. La lune si paisible qui cache le soleil…
FILLE 2 – Ta lune est pas si paisible que ça, elle s'éloigne de la terre sans avoir l'air de rien.
FILLE 1 – Comment tu sais ça ?
FILLE 2 – Je l'sais. Je sais aussi qu'elle est née d'une collision entre la Terre et une autre planète, que les étoiles vont vieillir et s'éteindre.
FILLE 1 – S'éteindre ?
FILLE 2 – Dans quelques centaines de milliards d'années.
FILLE 1 – J'croyais que tu t'intéressais pas au ciel.
FILLE 2 – J'ai dit qu'ici je ne le regardais pas. On ne sait plus d'où vient la lumière. Le ciel ça se regarde pas n'importe comment, il lui faut une vraie nuit.
FILLE 1 – Moi, je lève la tête et j'oublie tout.

Un homme. Deux filles.

FILLE 1 – Bonjour, nous avons quelques questions à vous poser.
FILLE 2 – Nous faisons une enquête sur les rêves.
FILLE 1 – Les rêves éveillés pas les rêves endormis.
FILLE 2 – Les rêves qu'on se fabrique tout seul.

Fille 1 – Qu'on commence et qu'on laisse dériver.
Fille 2 – Vous rêvez en couleurs ou en noir et blanc ?
Fille 1 – À votre âge on rêve encore ?
Fille 2 – Vous avez encore des envies ?
Fille 1 – Des fantasmes ?
Fille 2 – Des délires ?
Fille 1 – Vous êtes d'accord pour répondre ?
L'homme – Si vous me laissez répondre.
Fille 1 – Il est d'accord.
Fille 2 – Il est d'accord.
Fille 1 – Vous êtes le premier.
L'homme – Le premier quoi ?
Fille 2 – Le premier à accepter.
Question 1. Rêvez-vous de vivre ailleurs ?
L'homme – Oui.
Fille 1 – Ça ne suffit pas. Ailleurs où ?
L'homme – Dans un pays qui n'aurait pas de frontières.
Fille 1 – On n'a pas ça dans les réponses possibles. Je note.
Fille 2 – Votre pays sans frontières il ressemble à quoi ?
L'homme – À un pays où on entrerait et dont on sortirait sans papiers, sans questions.
Fille 1 – Je n'ai pas ça non plus. Je note.
Question 2. Quand vous rêvez d'une autre vie, vous rêvez d'être quoi ?
L'homme – D'être gardien d'une immense forêt. J'en surveillerais les arbres, les animaux, les visiteurs, les ennemis.
Fille 2 – Les ennemis ?
L'homme – Les forêts ont toujours des ennemis, ceux qui veulent les traverser, les domestiquer, les réduire, les exploiter, ceux qui les négligent aussi. Il faut toujours être vigilant.
Fille 1 – (*Écrivant.*) Gardien de forêt.
Question 3. Comment imaginez-vous la vie future ?

L'HOMME – J'aimerais l'imaginer paisible et douce mais j'ai très peur. Je crois que les hommes ne s'aiment pas.
FILLE 2 – (*Cochant sur son questionnaire.*) Vous êtes pessimiste quoi.
L'HOMME – On peut dire ça.
FILLE 2 – Enfin une réponse normale.
Et vous, vous aimez les autres ?
FILLE 1 – C'est pas dans les questions.
FILLE 2 – Vous voulez répondre ?
L'HOMME – Je crois que j'aime maladroitement comme tout le monde.
FILLE 2 – Vous aimez souvent ou rarement ?
FILLE 1 – C'est pas dans les questions.
L'HOMME – Souvent. Je me trompe souvent aussi.
FILLE 2 – Et après vous regrettez ?
L'HOMME – Jamais. Ça me fait des souvenirs.
C'est déjà bien d'avoir des souvenirs.
FILLE 2 – Le bonheur pour vous c'est quoi ?
FILLE 1 – C'est pas dans les questions.
L'HOMME – C'est d'avoir quelqu'un à perdre.
FILLE 1 – Viens, on s'en va. Je comprends rien à ce qu'il raconte.

Catherine ZAMBON

Les badauds

Petite fable du bout du monde

Catherine ZAMBON – Auteur et comédienne. *Eismitte, le milieu des glaces* (Lansman, 1994), *Catarineto* (Lansman, 1998), *Les Bello* (Théâtre de la Digue, 1998), *Sissi-pieds jaunes* (L'École des loisirs, 1998), *La bielleuse* (L'École des loisirs, 1999), *L'oca* (L'École des loisirs, 1999), *Les rousses* (L'École des loisirs, 1999), *La berge haute* (L'École des loisirs, 1999), *La héronnière* (Lansman, 2000), *La mauvaise* (Lansman, 2000).

LES PERSONNAGES

Yoré
Léo
(Ils peuvent être indifféremment joués par des hommes ou des femmes, et peuvent s'ouvrir à une interprétation clownesque.)

LE LIEU

Le détroit de Béring

Face à la mer. Détroit de Béring. Yoré est seul. Il tient un goéland mort couvert de goudron dans les bras.

YORÉ – Qu'est-ce qu'il y a là-bas au bout ?
(Il regarde le lointain.)
Parfois de l'avion, on voit une mince bande de terre. Grosse comme un cornichon, disait Volodia. Un cornichon !
C'est peu de Terre alors. L'Alaska.
C'est par ici qu'il est passé le premier homme. Ici même. Sur le sol en dessous, il y a ses traces disait Volodia. Si on creuse, on retrouverait ses détritus, peut-être. Ses détritus ? Qu'est-ce que c'est les détritus ?
Ici, les hommes n'ont pas de détritus. C'est lisse et blanc comme une voile de yourte. Et ceux-là avant, est-ce qu'ils mangeaient aussi le poisson, le phoque, l'élan ?
(À son oiseau mort.)
Dors Gogo, dors petit oiseau
là où tu vas il fait chaud
mais là où est Volodia, mon frère,
il fait froid.
(Il le pose.)
Il a mis six mois pour faire comme toi, Gogo. Il a pris de l'acier, des tubes, des toiles. Il a fait son monoplace tout seul, et lorsque les grands vents sont arrivés... Ouh ! Il a mis les ailes et il a volé ! Il a volé ! Je l'ai vu, Gogo ! De mes yeux vus ! Il a volé !
Mon frère allait au-dessus de l'eau, là-bas, vers l'étranger. Il y en a, de l'autre côté, ils vivent comme nous, Gogo. Des peuples oubliés, des qui ne savent rien.
Des ignorants.
(Il regarde l'oiseau.)

Qu'est-ce que c'est des détritus ?
Depuis, j'attends que du haut de l'Alaska, Volodia se montre. Il fera un geste de la main. « Je vole Yoré ! Regarde ! Je vole ! », il dira.
Toi aussi tu volais Gogo. On disait : « Yoré a lâché son âme blanche. Voyez-la, elle vole jusqu'à la nuit ! Le soleil ne lui fait pas peur ! »
Il n'y a que moi qui ai su t'apprivoiser, l'oiseau sauvage.
Quand Volodia a volé, tu l'as accompagné.
(Il imite des cris d'oiseau.)
Moi j'étais à terre, je tapais des mains…
(Il regarde.)
Il a glissé d'un coup, comme si c'était le ciel qui était de glace. Il y a ces montagnes au fond, toutes noires. Je crie de joie ! L'Alaska ! Gogo, toi, tu pousses de longs cris. Volodia s'élance dans le ciel. Le ciel est pur. Il n'y a rien. Pas un souffle. Que le bruit du monoplace et ton chant, Gogo. Je suis si heureux. La montagne se rapproche de Volodia. Il va traverser, enfin. Ne regarde pas en bas, Volodia, ne regarde pas la mer !
Et puis brusquement, le moteur toussote, des ratés. Fumée noire. Toi, Gogo, tu cries de plus en plus fort… Lorsque l'avion descend en vrille, tu tournes autour de lui, impuissant. Il tombe dans l'eau…
L'Alaska est resté au loin, invincible.
Gogo m'est revenu. Mais Volodia, non. Il est où Volodia, mon frère ?
(*Temps)*
Il en avait assez d'être un peuple oublié. Il voulait voir ceux d'en face. La même tête que nous à ce qu'il paraît. Même yeux ? Même peau ? On s'en fout, disait Volodia. Je veux les voir, leur parler.

Léo arrive, épuisé, méfiant, il porte un sac très lourd. Yoré, craintif.

YORÉ – Qui es-tu toi ?
(Léo ne répond pas.)
Va-t'en d'ici.
(Léo ne répond pas. Yoré fait un geste de la main pour le chasser. L'homme lui fonce dessus prêt à se battre.)
Qu'est-ce que tu veux, toi ? Tu sens mauvais comme une charogne.
Mais tu es fort, bon sang. Tu m'as tordu le bras.
(Léo s'approche de l'oiseau.)
Ne touche pas à Gogo !
(Léo fait un geste brusque. Yoré recule de peur. Léo tient l'oiseau délicatement dans ses mains. Il le sent.)
Qui es-tu ? Pourquoi tu ne réponds pas ?

LÉO – Nous sommes au-dessus de Quélen, n'est-ce pas ?

YORÉ – Quélen ? Quélen ? Oui, j'ai déjà entendu ce nom.
Quélen, on dit que c'est plus au sud. Parfois il y a des lumières là-bas dans le lointain, lorsque la nuit n'en finit plus. Volodia disait : Quélen se prépare à la fête.
Je ne connais pas Quélen. Ici, c'est...

LÉO – *(Le coupe.)* On est au bout du monde. Le plus à l'est ?

YORÉ – Au nord : de la glace. Là-devant : ce peu de mer qui nous sépare de l'Alaska, en dessous : le Kamchatka, et derrière toi, la grande terre.

LÉO – Je sais. J'en viens. Et je n'aime pas ça la grande terre.

YORÉ – En face, c'est un autre continent, tu sais ! Je regarde la mer, je voudrais traverser, comme mon frère, Volodia. Parfois la glace vient jusqu'ici. Elle vient de la Mer des Tchouktches. Il y a une autre ville, Mys Chmidta, j'y suis allé avec mon père. Il faut creuser son lit dans la glace pour dormir et s'enrouler par trois fois dans la peau d'élan. Ici, la mer est courte, tu vois. Un pas de géant et on est en face. L'autre monde, on dit.

LÉO – L'autre monde ?

YORÉ – On dit, l'autre monde. Il y a des jours égaux aux nuits.
Je voudrais traverser, par la mer.
Pas par le ciel. Non, pas par le ciel.

LÉO – C'est ici alors. Le bout des terres de l'est.

YORÉ – Tu as vu ce qu'ils ont fait à mon oiseau ?
Un bateau s'est purgé là-bas. Et lui ! toujours prêt à se fourrer près des hommes. Tu vois comme il est maintenant ? Je ne sais plus quoi en faire.

LÉO – La vie ne lui reviendra plus.

YORÉ – Ça, on ne peut pas savoir.

LÉO – C'est de la graisse. Du cambouis.

YORÉ – De la merde.

LÉO – Des détritus.

YORÉ – Des détritus ? Encore des détritus ?

LÉO – Il faut le jeter à l'eau. Tu ne peux pas le garder comme ça.

YORÉ – N'y touche pas, c'est mon seul ami !

LÉO – Ton ami ?

YORÉ – Bientôt ma famille repartira pour les plaines du sud. Mais moi je vais rester. L'Alaska finira bien par venir jusqu'ici. Ça prendra des mille ans, peut-être. Quelle importance ? La terre bouge, tu sais cela ?

LÉO – Oui, la terre bouge.

YORÉ – La terre bouge ! Bientôt il n'y aura plus de détroit, on aura un pied dans l'Alaska. Puis le Canada, l'Europe.

LÉO – L'Europe ! Par le détroit de Béring ! Tu ferais mieux de tourner le dos à la mer si tu veux aller en Europe. Là-bas, à l'ouest : la grande plaine de Sibérie, les bords de la Caspienne et on arrive au bout. Brest. Bordeaux. Ou Lisbonne. C'est selon.

YORÉ – C'est selon. Tous ces noms ne me disent rien. D'où tu es, toi ? Tes yeux sont clairs, ta peau toute blanche. Chez nous, tu ne trouveras ni fille ni même d'oiseau pour te suivre.

LÉO – C'est l'eau qui m'a porté. Mais il n'y a pas d'hommes sur la mer. Moi, je voulais la compagnie des hommes.
Mais finalement, c'est mieux, la mer.
(Temps)
C'est par là qu'est passé le premier homme alors.
Je me demande pourquoi ils se mettent ensemble les hommes.

YORÉ – D'où tu viens, toi ? D'où tu viens ?

LÉO – *(Il s'énerve.)* C'est quoi ton nom ? C'est quoi ta langue ? C'est quoi la couleur de tes yeux ? C'est quoi ta mère ? C'est quoi ton père ? C'est quoi ta terre ?
Long temps. Il regarde et guette au loin.
Je ne sais pas, je répondais, je ne sais pas.

YORÉ – Ah bon, n'en parlons plus.

LÉO – Qu'est-ce que ça peut te faire à toi qui vis le nez sur l'horizon ? J'arrive ici, tu me chasses. Je m'approche de ton oiseau, ton ami comme tu dis, tu es prêt à te battre.
J'ai traversé les mers depuis le fin fond des océans. Dès que je voyais une terre, je sautais de joie et j'allais voir les hommes.
Rotura ! Île à rats. C'est ça ma terre.
(Ils regardent le lointain tous les deux.)
Mon père m'a appris à faire les bateaux les plus beaux, les plus solides. De plus en plus longs.
C'est quoi ma terre ? C'est l'eau, j'ai répondu.

YORÉ – Moi c'est ici. Un bout du monde.

LÉO – Personne ne connaît l'île Rotura. J'ai vogué cent jours et mille nuits avant de trouver la terre. Les nuits sont si longues là-bas. J'allais à l'est, au levant. J'étais sûr de ne pas perdre mon chemin.

YORÉ – L'île Rotura, île à rats !

LÉO – J'ai traversé les océans et toutes ces terres. Maintenant je ne bouge plus. Sinon, je retournerais d'où je viens et ça ne m'intéresse plus.

YORÉ – Ici, personne ne sait faire les bateaux. Ma famille est nomade. On marche des jours et des jours, le soleil, toujours devant nous. La terre est belle vers le sud, il y a de grandes plaines. Mon père est le seul à avoir un cheval. Mais personne ne fait de bateaux.

LÉO – Le premier bateau que j'ai construit était plat comme la main et large. Pas plus long que moi. J'avais sept ans. Le second à douze ans. Il m'emmena au large par une tempête terrible. Dix-huit ans : le plus beau ! Mon père et moi tenions à deux, serrés l'un contre l'autre. Vingt-cinq ans : je vais plus vite que mon père.

(Il regarde le public.)

Ça brille dans l'eau. Jamais vu ça. Des yeux, à croire.

YORÉ – Les étoiles.

LÉO – Les étoiles ?

YORÉ – Les étoiles dans la mer. Elles tombent et se cristallisent. Des yeux de sirène.

On dit que cet endroit est habité par Yandrano. Parfois je crois que c'est elle qui a retenu Volodia, mon frère.

Je voudrais traverser. Fais-moi un bateau.

(Léo ne répond pas. Toujours face au public.)

LÉO – Ça bouge au fond de l'eau. Comme des gens.

YORÉ – Le chaman m'a dit que, si j'attendais ici, longtemps, je finirais par revoir Volodia. Il sera accroché au flanc de Yandrano, la main pendante et les joues roses.
Je suis prêt à attendre. De ce côté-ci ou de l'autre. Mais je préférerais traverser. De là-bas, on voit mieux, j'en suis sûr. Et si ça se trouve, Volodia…
LÉO – L'autre monde !
Tu ferais mieux de rester ici. Là-bas, on est aveugle.

Temps. Ils regardent ensemble en direction du public.

LÉO – Ça bouge encore.
YORÉ – L'Alaska. Il suffirait d'un bateau pour y aller.
LÉO – C'est long de faire un bateau. Il faut des arbres.
YORÉ – Je peux te trouver des planches.
LÉO – Il faut des arbres longs, forts. Je ne sais faire qu'avec du bon bois.
YORÉ – J'en trouverai assez pour trois !
LÉO – Trois ? Qui devrions-nous emmener ?
YORÉ – On ne peut pas laisser Gogo ici. C'est mon ami.
LÉO – Je ne saurais faire qu'avec du bon bois et de bons outils. Tu n'as rien pour travailler.
YORÉ – *(Il s'approche du sac de Léo.)* Et ça qu'est-ce que c'est ? C'est lourd !
LÉO – Ne touche pas à ça !

Yoré sort des outils.

YORÉ – Tu vois ! Tu as les outils et moi le bois.
Attends-moi.

Il sort. Long temps.

LÉO – La terre était belle d'après ce que j'en croyais. Les hommes vivaient ensemble, disait mon père. Sur Rotura, il n'y avait que moi et mon père. Alors, bien sûr, lorsque je suis parti, le premier homme que j'ai vu, je lui ai fait de grands gestes ! Je souriais, j'ouvrais les bras, comme j'avais appris à le faire pour montrer ma joie.
(Temps)
Une ville. « Pousse-toi », elle m'a dit cette femme. « Ne reste pas là. Tiens, tu vois, c'est écrit : "Sortie" juste pour toi. »
Je regardais le panneau, je ne comprenais pas. je ne savais pas lire les mots de ce pays.
« "Sortie", tu vois ? »
Elle m'a appris à lire ce mot, écrit en gros : « Sortie ». Elle a ajouté : « Dès que tu vois ce mot, tu dois t'en aller, absolument, très vite.
– Pourquoi ? j'ai demandé.
– C'est dangereux, elle répond.
– Je n'ai peur de rien !
– C'est toi qui es dangereux. C'est toi qui embêtes. Quand c'est écrit : "Sortie", tu dois partir, c'est comme ça, c'est un mot qui est écrit exprès à ton intention. Chacun a son mot. Tu ne le sais pas, bien sûr, tu ne sais ni lire ni écrire. Tu sais manger, dormir, ça oui. Allez ! tu vois ! Là c'est écrit : "Sortie", va-t'en maintenant. "Sortie", c'est ton mot, tu comprends ?
– C'est quoi votre mot à vous alors ? j'ai demandé à cette femme.
– Ça ne te regarde pas, elle a dit. »
Il y avait bien quelque chose d'écrit sur la grande maison dont je suis reparti. Un mot que je ne connaissais pas. J'ai arrêté quelqu'un et j'ai demandé : « C'est quoi là ?
– Là ! C'est la mairie ! C'est écrit voyons ! »

« Mairie » ? C'était son mot à elle, alors.
(Il s'approche de l'oiseau.)
Mon père disait : « Si je suis longtemps sans me réveiller, alors va-t'en. Ne reste pas. Je ne veux pas que tu me vois dormir. » C'était déjà « Sortie » alors pour moi sur Rotura. « Sortie », c'était mon mot, dans beaucoup de ces pays que j'ai traversés.
Mon père disait : « Tu partiras, tu iras dans un pays lointain, et tu te chercheras un ami. Tu le suivras. Il t'emportera. Tu l'aimeras comme un autre toi-même. »
Un ami ! Qui porte le mot « ami » sur ces terres ?
C'est ça l'ami ?
(Il tient l'oiseau par l'aile.)
J'ai appris le mot « Sortie » en toutes les langues je crois. Et le mot « Terre ». Et le mot « ami ». Et toi que sais-tu ? Qui es-tu pour avoir su te faire aimer d'un autre homme ? Paillasse ! Tes yeux sont d'encre et tes ailes sont d'ombre ! Charogne ! À quoi ça t'a servi de t'approcher des hommes !
(Il va pour jeter l'oiseau sur le public. Il s'arrête et regarde.)
Il y a quelqu'un ici. Il a raison, il y a quelqu'un. Qui ?
(Yoré arrive discrètement. Léo, au public.)
Ola ! Ola ! Qui est là ?

Yoré – Ce sont les premiers hommes.
Léo – Arrivés les premiers ?
Yoré – Ils ont conquis le monde.
Léo – Le monde ? Quel monde ? Pourquoi ils sont venus ?
Yoré – Pour voir.
Léo – Voir quoi ?
Yoré – Le premier homme.
Léo – Mais puisque c'est eux le premier homme ?
Yoré – Même si ils sont nombreux, il y en a un qui marche en tête. Il veulent savoir qui c'est.

J'ai trouvé du bois.
(*Il lui donne un peu de bois.*)
Tu avais raison, c'est trop peu pour nous. Même Volodia a mis trois mois pour rassembler son bois. Qu'est-ce qu'on peut faire avec ça ? Je suis si fatigué d'attendre. Je voudrais traverser, rejoindre Volodia…

Il s'assied, prend sa tête dans ses mains. Léo attend, longtemps, hésite, puis il se met au travail avec dextérité. Il fait un petit bateau.

LÉO – C'est le plus petit, mais le plus stable. Regarde, rien ne le fera sombrer. *(Léo met l'oiseau dans le bateau et s'approche du bord de scène.)* Il va le premier, d'accord ?
YORÉ – Non ! Non !
LÉO – Ce n'est qu'un oiseau.
YORÉ – C'est mon ami.
LÉO – Un ami mort.
YORÉ – Je le préfère à tout.
LÉO – Moi, je n'ai pas d'ami. Je suis venu jusqu'au détroit de Béring depuis le fond du Pacifique pour voir le premier homme. Et c'est toi qui es là.

Temps.

YORÉ – (*Désignant l'oiseau.*) C'est peut-être lui le premier homme.
LÉO – Je ne sais pas. (*Il approche l'oiseau niché dans le bateau du bord de scène.*) On y va ?
YORÉ – C'est lui qui passe devant alors ?
LÉO – Oui.
YORÉ – C'est lui qui va mener le monde alors si il est devant ?

LÉO – C'est possible.
On y va ?
YORÉ – Attends.
(Il s'approche de lui. Ferme les yeux.)
Ça y est je suis prêt.
(L'oiseau disparaît dans son bateau.)
Ça me fout la trouille. Ici c'est chez nous. Là-bas, je ne sais pas.
(Il rouvre les yeux. Temps.)
Il est loin déjà.
LÉO – On ne le voit plus.

Temps. Ils sont proches et regardent le lointain.

YORÉ – Dans les plaines du sud, il y a du bois. Tu as les outils, moi, j'aurai le bois. Ce sera très long de tout ramener.
LÉO – Oui.
YORÉ – À deux, ce serait mieux pour porter le bois.
LÉO – *(Sourit.)*
Et le premier homme ?
YORÉ – Il marche devant.
LÉO – *(Se lève, prend son sac.)*
On y va alors ?

Sourires. Ils sortent tous les deux.

TABLE

Les Cahiers de l'Égaré
Catalogue 2002

Théâtre

Lettre au directeur du théâtre, de Denis Guénoun (3e édition)
(Voici une supplique, une adresse sur les heurs
et malheurs du théâtre de ce temps.) 96 p. - 15x21 - **7,50 €**

« Voïces » ou le retour d'Ulysse, de Jean-Yves Picq
(Poème épique sur deux guerres mythiques,
celle d'Homère et celle du Viet-Nam.) 128 p. - 15x21 - **10,50 €**

La lutte des places / Le libre jeu, de Jean-Claude Grosse
(Deux pièces sur gens du voyage et sédentaires à racines. Où commence le départ, où finit l'arrivée ?) 96 p. - 15x21 - **7,50 €**

La Vie en jeu, de Jean-Claude Grosse
(À quoi jouons-nous ? À entrer, à sortir ?À vivre ?) 112 p. - 15x21 - **7,50 €**

Toulon, 1942-1943, de Jean-Richard Bloch
(Une pièce sur le sabordage de la flotte, le 27 novembre 1942, à Toulon ; une pièce sur la désobéissance civile et militaire.)
160 p. - 15x21 - **7,50 €**

Rouge nocturne : Verdun, de Michel Simonot,...
(Comment se représenter la bataille de Verdun plus de 80 ans après ?)
56 p. - 15x21 - **6 €**

Dis, la vie, comment ça marche ?, d'Elsa Solal
(Des voix pour raconter nos peurs, raconter l'Homme.)
64 p. - 15x21 - **7,50 €**

Le cas Gaspard Meyer, de Jean-Yves Picq (2e édition)
(Une fable poétique sur l'économie de marché et la mémoire indienne.)
56 p. - 15x21 - **8 €**

La Mort et l'Amour, de Roger Lombardot
(Requiem, Shéhérazade, Lettre à l'enfant. De la Bosnie ou d'ailleurs en guerre aux monts d'Aubrac en paix.) 88 p. - 15x21 - **7,50 €**

Le Corps qui parle
(Huit pièces courtes de Jacques Doazan, Jean-Claude Grosse, Jeanne Mathis, Christophe Pellet, Jean-Louis Rebora, Frédéric Senent, Jacques Serena et Jean Siccardi.) 72 p. - 15x21 - **7,50 €**

Le fond des navires, de Philippe Vincenot
(Transformer le livre en paroles vives, voilà l'objectif. Ou bien, après les mots, laisser venir la musique.) 72 p. - 15x21 - **10 €**

La Mémoire du crabe, de Michel Simonot
(Deux comédiennes doivent passer une audition dans le hall d'un palace devant un homme pour décrocher le rôle. Quel rôle ? Pour quelle sorte de représentation ? Énigme avec attente.) 72 p. - 15x21 - **9 €**

Une vie, de Roger Lombardot
(Une femme déroule sa vie en rapprochant son univers intime des événements qui ont marqué le monde au cours du XXe siècle) 48 p. - 15x21 - **8 €**

Roman

Le Peintre, de Cyril Grosse (1971-2001)
(C'est l'histoire de Joseph, 20 ans, qui tue, de Marie, 10 ans, qui l'aime, de Thomas, 60 ans, qui les protège…) 128 p. - 15x21 - **15 €**

Poésie

La parole éprouvée, de Jean-Claude Grosse
(116 poèmes d'insolente patience joués aux dés désespérés des mots depuis 1956.) 160 p. - 16,5x24 - **20 €**

Rêver le monde

a été achevé d'imprimer
le 19 septembre 2002
sur les presses de

HORIZON
GROUPE

200, avenue de Coulin, 13420 Gémenos

N° d'imprimeur : 0207-119

Dépôt légal : Septembre 2002